風に折れぬ花あり

信玄息女　松姫の一生

下巻

第八章　江戸から来た男

一

　御所水《ごしょみず》の里に庵《いおり》を建ててもらった信松尼《しんしょうに》は、これまで鉢植えにしていた赤松を出入口前の木々の間に植え替えてやった。

　これは八年前の天正《てんしょう》十年（一五八二）四月、まだ松姫《まつひめ》と称していた信松尼が甲州《こうしゅう》からの途中で案下峠《あんげとうげ》を越えたとき、手近の赤松の林から掘り出した幼木である。当時は背丈五寸（一五・二センチメートル）ほどしかない小松であったこの幼木は、少なくとももう樹齢八年になるはずなのに長く鉢植えにしていたのが悪かったのか、幹がうねって盆栽のようになろうとしていた。

それが気になっていた信松尼は、御所水の里を終《つい》の住処《すみか》と定めるに当たり、この幼木にひろやかな天地を与えてやったのである。

しかし、御所水の里の暮らしは、すべて順調にはじまった訳ではなかった。

大きな誤算のひとつは、信松尼自身が養蚕《ようさん》とはどのようにしておこなうものなのかをまだ正確には理解できていなかったことから起こった。

清水おみさに教えられて、信松尼は蚕《かいこ》とは蚕部屋で飼わねばならないこと、その蚕部屋には戸棚に似た蚕棚《かいこだな》を設けて充分に桑《くわ》の葉を入れてやることなどを知った。

だが、おみさの親戚の家だという庵に近い豪農の家に出向いて蚕部屋を見せてもらったとき、信松尼は本格的に養蚕をおこなうにはとんでもないひろさが必要になることにようやく気づいた。

その農家は夫婦ともに老いたためもう蚕は飼っておらず、家の一階だけで生活していて屋根裏の蚕部屋にあった蚕棚もすべて人にゆずってしまっていた。だから信松尼が屋根裏に案内されたとき、左右にならんだ蚕部屋はただのがらんとした空室でしかなかった。

そうはいっても、その蚕部屋のひろさは畳《たたみ》を敷けばすべて八畳間であり、左右合わせて七部屋もあった。本格的に養蚕から糸取り、機織《はたお》りまでおこなうには、糸取り部屋や機織り部屋をも設けなければならない。それにはかなり宏大《こうだい》な家屋が必要だし、機織りで生計を立てるなら、こういった家屋を複数建てないといけないかも知れない。

ただし、庵や掘立《ほったて》小屋風のお付きの者たちの住まいを建てるのさえ金銭節約のため自力でおこなってきた一行に、宏壮《こうそう》な建物を普請《ふしん》するだけのゆとりは残されていなかった。

そういうことが徐々に頭に入ってきて、信松尼は困惑を禁じ得なかった。その困惑には、あまりにも世間知らずの自分を責めたくなる気持も混じっている。

一体、道はひらけるのか。道がひらけなければ、この先どうしたらよいのか。

思い悩んだあげく、信松尼は、

（まずできることからはじめてみましょう）

と心に決めた。

その「まずできること」とは、空家を借りて寺子屋をひらくことであった。

信松尼もお付きの女たちも平仮名を美しく書くことができるし、『百人一首《ひゃくにんいっしゅ》』や『古今《こきん》和歌集《わかしゅう》』『新古今和歌集《しんこきんわかしゅう》』の秀歌はすべて頭に入っているから、地元の子供たちに教えるのはさほど難しいことではない。

石黒八兵衛《いしぐろはちべえ》、油川彦八郎《あぶらかわひこはちろう》らの男たちにしても七歳にして『論語《ろんご》』その他の漢籍を学びはじめ、漢詩を作ることもできるので、子供たちに漢字の読み書きを教えるのは簡単であった。

寺子屋をひらいたことは、信松尼と御所水の里の住人たちとの距離を一気に縮めるのに大いに役立った。住人たちは読み書きできるようになった子供たちに束脩料《そくしゅうりょう》（入学金）や謝礼金代わりの米や野菜を持たせてよこし、道で信松尼やその供の人々を見掛けたときには丁寧に挨拶するようになった。

二

こうして信松尼が御所水の里に馴染《なじ》むのと並行して、八王子《はちおうじ》の支配構造には変化が起こった。

六月二十三日に北条《ほうじょう》方の八王子城が陥落した当初、その城下の横山宿《よこやましゅく》には秀吉《ひでよし》の北国《ほっこく》口《ぐち》軍の一部である上杉景勝《うえすぎかげかつ》と前田利家《まえだとしいえ》の家臣団がしばらく屯集《とんしゅう》し、横山宿から西の追分《おいわけ》へ向かって八日市宿《ようかいちしゅく》と八幡宿《はちまんしゅく》の町作りに励んだ。

八王子城は山城《やまじろ》だから、その山裾《やますそ》に沿って城下町が発達してはいなかった。多彩な野鳥と野兎や猿、狐、鹿、狼、猪、熊などが武蔵野特有の深い雑木林に棲息《せいそく》しているばかりであったが、甲州街道の八王子は北条領、それから先は武田領とされていた時代にはそれでよしとされていた。国境《くにざかい》にはきちんと関門を築いておくべきだ、とするのは比較的新しい考え方で、国境は暴れ河、大湿原、深い雑木林などでごちゃごちゃにしておいた方が敵に侵入されない、というのが戦国の世の発想なのだ。

それとおなじ発想法で北国口軍が八王子城に手をつけずにいる間に、その城址には浮浪の徒が集まって不穏な形勢をかもした。それに気づいた上杉・前田勢は、かれらに対抗できる兵力を入れるに足る宿場の整備をこころみたのである。

小田原《おだわら》城に入った秀吉が家康《いえやす》に関八州《かんはっしゅう》を与えることをあきらかにした後は、上杉・前田勢に代わって家康の部将のひとり天野康景《あまのやすかげ》がこの地を支配した。

通称を三郎兵衛《さぶろべえ》といった天野康景は、十一歳にして家康のもとへ小姓《こしょう》として出仕。家康が戦った三つの合戦――永禄《えいろく》六年（一五六三）九月から翌年二月までつづいた三河一向一揆《みかわいっこういっき》との戦い、元亀《げんき》元年（一五七〇）六月の近江姉川《おうみあねがわ》の戦い（対浅井《あざい》・朝倉《あさくら》戦）、同三年（一五七二）十二月の遠州《えんしゅう》三方ヶ原《みかたがはら》の戦い（対武田戦）に武功を挙げた結果、高力清長《こうりききよなが》、本多《ほんだ》重次《しげつぐ》とともに、「岡崎三奉行《おかざきさんぶぎょう》」のひとりに指名され、民政をつかさどるのに才覚を見せた。

天野康景に八王子方面の支配がゆだねられたのは、むろんその民政の手腕に期待してのことであった。

ただし、八月一日に家康が江戸入りすると康景もきわめて多忙となり、横山宿―八日市宿―八幡宿がようやく八王子の続き宿となったというのに現地を巡見する暇がなかった。

かれに代わってこの方面の民政を見たのは、前田利家に見出されてその家臣になっていた武田家遺臣のひとり川嶋作左衛門《かわしまさくざえもん》であった。

しかし、徳川家の領国の一部となった八王子方面を、いかに地方巧者《じかたこうしゃ》（地方行政に巧みな者）とはいえ、前田家の家臣が支配するというのも妙なものである。

そこで家康が考えたのは、自分が江戸入りする前に、すでに採用済みの武田家遺臣団八百九十五人のうちから小人頭《こびとがしら》九人とその下役の同心衆《どうしんしゅう》二百四十八人を選び、八王子に植えつける、という策であった。

もともと武田信玄《たけだしんげん》に畏敬の念を抱いていた家康は、武州《ぶしゅう》と甲州がともに自分の領国となった以上、甲州でよく採れる黄金を江戸城に搬入するためにも甲州街道をきちんと整備拡張するべきだ、と考えはじめていた。

すると八王子は江戸と古府中《こふちゅう》（甲府）とを結ぶ要地とみなすべきなのに、まだ八王子城址には浮浪化した北条家旧臣が潜んでいて悪事を働くことがある。そこで家康はこれまで川嶋作左衛門に頼りきりだった八王子方面の統治体制を改め、甲州街道のことが充分に頭に入っている武田家遺臣団をこの地に配置してその同心衆には土着を推奨することにしたのである。

　これら武田家遺臣団は横山宿の内に住居を与えられたため、かれらは次第に、その住居とは甲州街道を挟んで南側の御所水の里に武田松姫改め信松尼がおこない澄ましていることに気づいた。そこでかれらは非番の日には、一目信松尼の姿を拝したいという思いに駆られ、庵に詰めかけてくるようになった。

「少しばかりでございますが、これをお使い下さいまし」

といって、米、麦や野菜だけでなく、革袋をわたす者もあるので、中身を改めてみると砂金だった、という場合もあった。

　これらの小人頭や同心衆には妻子持ちも珍しくなかったから、信松尼とお付きの者たちが寺子屋をひらいて辛《かろ》うじて生計を立てていると知ると、子供たちを入門させていただきたい、と申し入れて、楽な暮らしではあるまいに進んで束脩料を差し出す者も少なくはなかった。

　信松尼は、髪を下ろしたとはいえ武田家遺臣団にとっては今も大切な御料人《ごりょうにん》さまである。その御料人さまが、みずから子供たちに「いろは歌」を教えたりしているのを見れば、暮らし向きが苦しいのはすぐにわかる。

　しかし、御料人さまに向かって、じかに金銀をわたすのは畏れ多い。そう感じ取った者たちは、手習いなどしたがらない頑童《がんどう》たちも強引に入門させ、束脩料や謝礼金という名目で信松尼たちを援助するようになったのだ。

思えば信松尼は、いまは家康の側室となってお竹《たけ》の方、お都摩《つま》の局《つぼね》と呼ばれているふたりが身代わりに立ってくれたからこそ、下恩方《しもおんがた》で仏道修行の日々をつづけることができたのであった。

そして御所水の里へきてからは、地元の衆に托鉢《たくはつ》しても集まらないほどの食料を届けられるようになったかと思えば、今度は武田家遺臣団の登場である。

それを思って信松尼は、蒲柳《ほりゅう》の質の督姫《とくひめ》に語りかけたこともあった。

「そなたたちもわたくしも、どうやら自分の力で生きているのではないようですね。里人のみなさんや元は武田家の家中《かちゅう》でいらした方々のお力添えによって生かされている、と考えるべきなのでしょう。御仏《みほとけ》に感謝いたしましょうね」


あけて天正十九年（一五九一）の青葉の季節になると、ふたたび八王子方面の統治には変化が見られた。大久保十兵衛《おおくぼじゅうべえ》と名乗る徳川家家臣が代官頭《だいかんがしら》として江戸からやってきて、川嶋作左衛門らを配下に組み入れ、精力的に町作りをはじめたのである。

その主眼とされたのは甲州街道の道幅をひろげ、地面から頭部を突き出している岩などは掘って捨てて、早馬の使者が走り抜けることもできるようにすることであった。江戸の日本橋《にほんばし》を基点とする甲州街道の宿場のうち、四谷大木戸《よつやおおきど》より西側にあって旅籠屋《はたごや》も多い宿場町といえば府中《ふちゅう》ぐらいしかない。大久保十兵衛は、横山宿を中心に続き宿の生まれている八王子を府中に匹敵する活気ある宿場町に育てるために送りこまれた人物だったのだ。

なお甲州街道の走る武蔵野一帯では、

「甲州裏道《うらみち》」

という表現もこのころから使われるようになった。これは青梅《おうめ》街道、恩方街道、人見《ひとみ》街道の別称だが、これらの街道が「裏道」とみなされるに至ったのは、大久保十兵衛が日傭《ひよう》取《と》り（日雇い労働者）多数を雇い入れて甲州街道を幹線道路としたため、こちらが「表道」、ほかは「裏道」とする感覚が育ったことによる。

この街道整備が成功した原因のひとつは、大久保十兵衛が続き宿となった八王子にやってきてあらたに商売をはじめる者からは棟別銭《むねべつせん》（家屋税）を取らない、という方針を貫いたことにあった。そのため小田原北条家の滅亡を見て八王子から四方へ散っていった者たちも続々ともどってきて、八王子方面の民口《みんこう》（領民人口）は増加の一途をたどった。

ただし、ある宿場の繁栄を耳にして諸国から集まってくる者には、落武者《おちむしゃ》、野武士、流れ者など訳ありの者が珍しくない。小人頭たちと同心衆の厳しい監視によってようやく八王子城址を塒《ねぐら》とする北条家残党の姿が消えたと思ったら、八王子はふたたび押し借りや強盗どもの横行する地帯となっていった。

御所水の里の信松尼の庵に不届き者が姿を見せなかったのは、石黒八兵衛と油川彦八郎らが警戒を怠らなかったこともあったが、小人頭たちや同心衆が自主的に夜廻りをして害を未然に防いでくれたことが大きかった。

これらの同心衆が長柄衆《ながえしゅう》、槍衆《やりしゅう》と呼ばれることもあったのは、つねに樫《かし》の木の一間《けん》（一・八メートル）の長さの柄の素槍を持って不逞《ふてい》の輩《やから》を威圧したためにほかならない。

信松尼にとって、これは夢にも思わぬことであった。よもや自分が、武田家遺臣とはいえ今は徳川家の禄《ろく》を食《は》んでいる者たちに守られて暮らす日が来ようとは。

（やはりわたくしは、さまざまな方々の力添えによって生かされている——）

欲のない信松尼は、慎ましやかな考え方を元にして人生の観照を深めていったのである。

その信松尼の庵を不意に大久保十兵衛が訪ねてきたのは、この年の木枯らしの季節のことであった。

三

両刀を帯びて黒塗りの陣笠《じんがさ》をかぶった小人頭ひとり、素槍を手にして衣装を尻からげし、手甲脚絆《てっこうきゃはん》を着用している同心衆五人を従え、騎乗してやってきた大久保十兵衛は、頭にはやはり陣笠をかぶり、緋色《ひいろ》の陣羽織《じんばおり》とたっつけ袴《ばかま》を着用していた。

御所水の里という地名の元となった湧き水の池のほとりで下馬した十兵衛は、近くの掘立小屋から出迎えた石黒八兵衛に姓名を告げ、その案内を受けて信松尼の庵の土間に身を入れた。

奥の仏間にいた信松尼が、いつもの墨染《すみぞめ》の法衣《ほうえ》と白い頭巾《ずきん》姿で姿をあらわしたのは、聞きなれた八兵衛がだれかとことばを交わす声が聞こえたからである。

「こちらが信松禅尼《ぜんに》さまにおわします」

先に土間に足を踏み入れていた八兵衛は、頭髪が少なくなったためにすっかり小さくなった白髪髷《しらがまげ》を屈《かが》めて信松尼に会釈してから十兵衛を引き合わせた。

「さようですか、どうぞお上がり下さいまして」

と、信松尼が上《あ》がり框《かまち》の先の囲炉裏部屋を差し示したときであった。

「こ、これは御料人さま」

と小さく叫ぶようにいった大久保十兵衛は、手早く陣笠を取って総髪《そうはつ》の髷と瓦のように角張った顔をあらわにしたかと思うと、その場にさっと土下座してつづけた。

「おひさしゅうございます。それがしは今でこそ大久保十兵衛と名乗って徳川家にお仕えいたしておりますが、元を正せば甲州武田家に金春流《こんぱるりゅう》の猿楽師《さるがくし》としてお抱えいただいておりました大蔵太夫《おおくらだゆう》の次男でございます。躑躅ヶ崎館《つつじがさきかん》に出入りを許されておりました時分には御料人さまにじかに御挨拶いたす折とてございませなんだが、それがしは今は徳川さまに奉公しており、この春からは八王子の代官頭を命じられた次第でございます。道普請などに振りまわされまして、御料人さまがこの地にましますことを伝えられながらこれまでまかり出るゆとりもございませなんだこと、まことに御無礼をつかまつりました。しかし、それがしはいずれこの近くに陣屋《じんや》を営みまして、はなはだ僭越《せんえつ》な申しようながら、御料人さまとお供のみなさまのことは一手に引き受けさせていただく所存にございます」

これは、まことに意外な申し入れであった。

「さ、そこは冷えますから、どうぞお上がりなさいませ」

信松尼にいわれ、ようやく大久保十兵衛は上がり框に腰を下ろして草鞋《わらじ》を脱ぎはじめた。

囲炉裏の末座に胡座《あぐら》をかいた大久保十兵衛の陣羽織の左右の胸前には、上《のぼ》り藤の中に「大」の字を描いた、いわゆる「大久保藤」の紋が打たれていた。

十兵衛はこのとき四十七歳。背丈の低さのわりに顔が大きく、くっきりした目鼻立ちをしている十兵衛は、信松尼と石黒八兵衛から徳川家に出仕するようになった事情を問われると、謡曲《ようきょく》できたえた朗々たる声音で答えた。

「はい。それがしはすでに申しましたように次男でございますので、武田家にお抱えいただく猿楽師の家筋とは申せ、一生を部屋住みでおわってしまうかも知れぬ身でありました。ならばどこか別の大名家にお仕えした方が花実《はなみ》が咲くのではないか、と思案しておりましたとき、ひょんなことから徳川家の重臣大久保治部少輔《おおくぼじぶのしょう》さま（忠隣《ただちか》）が大変猿楽をお好みと耳にいたしまして、三河の岡崎まで行ってみることにしたのでござる」

そのころ大蔵藤十郎《とうじゅうろう》と称していた十兵衛は、まだ家康の近習《きんじゅう》のひとりだった大久保忠隣とうまく知り合うことができた。これは、十兵衛が猿楽や謡曲のほかに武田家の軍法についても語ったことが大いに気に入られたのである。これがきっかけとなって、十兵衛は大久保忠隣家に士分の者として取り立てられた。

すると九年前の天正十年（一五八二）三月、織田信長《おだのぶなが》・信忠《のぶただ》父子の甲州攻めに遭って武田家は滅亡。六月には本能寺《ほんのうじ》の変《へん》が勃発して信長・信忠父子もそろって切腹し、武田家の旧領である甲信《こうしん》二州は家康の領国と化した。

このときには大久保忠隣も家康に供奉《ぐぶ》して甲州入りしたため、まだ大蔵藤十郎と名乗っていた十兵衛はその道案内役をつとめた。その後、忠隣が甲州と信州の伊那谷《いなだに》、木曾谷《きそだに》を巡検したときにも勝手知ったる十兵衛が供をしてあれこれ機転を利かせたため、忠隣は民情を詳細に知ることができて家康からお褒めのことばを受けたほど。

これによってかれは忠隣から絶大なる信頼を得ることができ、大久保姓と「大久保藤」の家紋に加えて十兵衛という通称をも拝領して大久保十兵衛となったのである。

しかも十兵衛は、改名する以前から家康に才気を認められつつあった。

その最初は、家康が古府中の尊躰寺《そんたいじ》に陣屋を置いていたころのこと。あらたに普請されたその建物が門長屋《もんながや》、武者溜《だま》りから御座《ござ》の間《ま》までまったく手抜きなく造られていたため家康が感心し、

「何という棟梁《とうりょう》が建てたのじゃ」

と側近たちにたずねたところ、その側近たちは答えた。

「いえ、このお陣屋は大久保治部さまの家中の大蔵藤十郎が作事《さくじ》いたしたのでござります」

この大蔵藤十郎改め大久保十兵衛がふたたび家康から注目されたきっかけは、その陣屋に招かれて上方《かみがた》からやってきた猿楽師たちを能舞台に上げて観能の会がひらかれた後の宴席でのできごとにあった。

猿楽師たちには山海の珍味と上質の酒とがふるまわれ、家康自身もかれらの杯にみずか

ら酌をしてまわる機嫌の良さ。

「それでは御返盃《ごへんぱい》を」

といわれるとこれも素直に受けて、次第に顔と耳とが紅潮してきた。

するといつしか猿楽師たちと車座になっていた家康は、戯言《ざれごと》めかしてこんなことを口にした。

「その方どもは諸国の大名たちに呼ばれることもあろうから、さぞかし金銀をたっぷりと貯えておるのであろう。余にもその貯え方のコツを教えてくれぬか」

これを末席で聞いていた十兵衛は、家康が甲州出兵、信長父子の法事、古府中での陣屋の造営と物入りがつづいて懐《ふところ》が火の車になりかけているのだ、と推測。翌日は徳川家の直臣青山忠成《じきしんあおやまただなり》を介して家康に拝謁することを望み、許されて御座の間に参上すると、まず懐中から取り出した革袋を三方《さんぽう》に載せて小姓に差し出した。

まだ前髪を立て、片身替《かたみが》わり振袖《ふりそで》の熨斗目《のしめ》をまとった小姓は、その三方を上段の間に座って金屛風《きんびょうぶ》を背にしている家康に差し出す。家康が口紐《くちひも》をゆるめてその袋を逆さにしたとき、三方の上に転がり出たのは数枚の一分金《いちぶきん》と一朱金《いっしゅきん》であった。

「これは今日も諸国で使われておりますから上さまもご存じでいらっしゃいましょうが、甲信二州ほかの旧武田家の金山から掘り出された黄金を鋳造いたした貨幣でございまして、甲州金と総称されているものでございます」

と説明した十兵衛は、

「ふむ」

と家康が上体を乗り出したのを上目遣いに確認してから、おもむろに切り出した。

「かつてそれがしが武田家に金工や細工師として雇われていた職人たちから聞いたところによりますと、この甲州では王朝の世から黄金を採ることができた由《よし》でございますが、この黄金とはすべて砂金のことだったと申します。山々に大雨が降って土砂が裾野へ流れ落ちてまいりますと、その土砂の中に砂金が混じっていることがございます。その土砂の流れこんだ川から砂金を採取いたしますには、その土砂混じりの川の水をいったん樋《とい》に流しこんで、落とし口に目の詰んだ笊《ざる》を置いておく『ねこ流し』という手法が使われたと聞き及びます」

「つづけよ」

と口を挟んだ家康に一揖《いちゆう》し、十兵衛は話の本筋に入った。

「一方、時代が進みまして甲州武田家が信玄公の父の信虎《のぶとら》公の代になりましたころ、山の中に眠っている金鉱を発見することに長《た》けた山師たちの働きで、甲州の内にふたつの金山が見つかりました。信玄公の代になりますとさらに多くの金山や銀山が発見され、灰吹法《はいふき》と呼ばれる鉱石から金銀を取り出す手法も知られましたので、このような甲州金が鋳造できるようになった次第でございます」

一般に地層を走る金脈と銀脈は二匹の絡み合った蛇のように境目のよくわからない鉱石となっていて、トタンと呼ばれる亜鉛その他とも互いに溶け合っている。その鉱石を砕いて取り出し、灰をよく敷いた灰炉へ入れて炭火で静かに吹き溶かしてゆくと、亜鉛は灰に落ちて金銀を四分か五分（四ないし五パーセント）ふくむ鉛、すなわち貴鉛《きえん》が得られる。この貴鉛をあらかじめこれ以上は熱くできないというところまで熱してある灰吹炉に投入、強く空気を吹きつけると鉛は酸化されて金滓《かねかす》となり、品位九割九分（九九パーセント）というすばらしい純度の金と銀の粒が得られるのだ。

そのことをわかりやすく説いてから、十兵衛は家康にいった。

「信玄公の代に甲州武田家が甲軍と呼ばれて恐れられるほど強大化いたしましたのは、豊かな甲州金を軍資金として使ったからでござります。そのつぎの勝頼《かつより》公の代に甲軍がにわかに衰えましたのは、金の生産高が一気に減少したためだ、と申す者もございます。ただし上さま（家康）の御領国の内にはまだ鉱脈の発見に至っていない金山銀山が少なからずございましょうから、ひろく山師や金掘りを集めて山々で試し掘りをおこなわせてみてはいかがでしょうか。金銀は地下に眠っているものを取り出すだけでお国のお役に立つのですから、こんなに重宝なものはございません」

この意見に大きく動かされた家康は、いずれは十兵衛を甲州奉行として金山銀山の開発に従事させようと決意。その前段として、八王子の代官頭に任じて手腕を見ることにした。こうした経緯から八王子にやってきたかれは、甲州街道の道普請と宿場作りが一段落したところで信松尼に挨拶しにやってきたのである。

ざっと来《こ》し方を語ったその十兵衛は、

「また近々立ち寄らせていただきたく存じますが、何か御必要な品々がございましたなら御遠慮なくおっしゃって下され。本日はとりあえず、これをお納めいただけるとうれしゅうござる」

といって懐中から拳《こぶし》ほどの大きさの革袋を取り出し、信松尼ではなくかたわらに座っていた石黒八兵衛の膝の前へすべらせた。十兵衛が去ってから八兵衛がその革袋をつまみ上げてみると、あまりの重さから中身は甲州金だと見なくてもわかった。

四

その後、十日ほど姿を見せなかった大久保十兵衛が、馬の口取りの小者《こもの》と若侍《わかざむらい》各ひとりをつれてまた庵へやってきたのは、陣馬《じんば》街道や甲州街道沿いの欅《けやき》の並木もすっかり落葉した日のことであった。

「しばらく江戸へもどっておったもので、間が空いてしまって失礼いたしました」

「ほう、江戸のお屋敷はどの辺におありか」

「はい、千代田のお城の西北、内堀のほとりに一万坪あまりの土地を拝領いたしましたので、そこに普請いたしましてな」

「ほほう、一万坪も下さるとは徳川さまも豪儀なものでござるのう」

十兵衛と石黒八兵衛が囲炉裏の火にあたりながら会話しているうちに、信松尼が仏間からにこやかなほほえみを湛《たた》えてあらわれた。冬は蔀戸《しとみど》を上げないため囲炉裏の火によって明るんでいるだけのこの部屋では、信松尼があらわれると頭部を覆った白い頭巾が白百合《しらゆり》のように感じられる。

「お変わりありませんでしたか」

信松尼が板壁を背にした横座に正座すると、その左側の客座に胡座をかいていた十兵衛は足を解いて退き、両手をついて恐縮しきった口調で答えた。

「はい、おかげさまにて風邪ひとつ引いてはおりませぬ。ところで本日は、手前から御料人さまにひとつおたずねいたしてもお許しいただけましょうか」

「あら、どんなことでしょうかしら」

小首を傾《かし》げる仕草をした信松尼が、つぎの瞬間、唇を「まあ」というときの形に動かしたのは、十兵衛が思いがけない人の名を持ち出したためであった。

「はい、それは故穴山梅雪《あなやまばいせつ》さまの御正室見性院《けんしょういん》さまの御事《おんこと》を御料人さまがどこまでご存じかお教え願えれば、ということでございまして」

見性院とは信玄とその正室三条《さんじょう》夫人の間に生まれた武田家の次女であり、信松尼にとっては異腹の姉にあたる。信松尼は、

「円座《えんざ》をお敷きなさい。板の間は冷たいでしょう」

と十兵衛をうながしてから、見性院について知るところを口にした。

「そうですね。九年前、穴山梅雪さまが不慮のことで亡くなられましてからも、徳川さまは見性院さまの暮らしを助けて下さっているとどなたかからうかがったことがありました。ですからわらわは、昨年八月に徳川さまが江戸入りなさるまで見性院さまは浜松城か駿府《すんぷ》城で一粒種の勝千代《かっちょ》さまをお育てしているものと思っておりました。でもそれ以降のことは何も存じませんので、おみさまが何かご存じでしたらどうか教えてくりゃれ」

「されば申し上げます。見性院さまはたしかに昨年まで駿府城の内に屋敷を与えられておこない澄ましておいででござりましたが、一子勝千代さまは四年前、疱瘡《もがさ》(天然痘)を病

んで長逝《ちょうせい》あそばされました。享年十六でござりました」

「さようでしたか。見性院さまも世子《せいし》（跡継ぎ）に先立たれるとはお気の毒に」

合掌して面《おもて》を伏せた信松尼に対し、十兵衛はさらに告げた。

「仰せの通りではございますが、その後の見性院さまのことを申し上げますと、上さま（家康）の江戸入りよりやや遅れまして千代田のお城にお移りになり、今も御健勝にましますのでどうかその点だけは御懸念なさいますな」

「まあ、それは良いことをうかがいました。それならばわらわも、いずれ見性院さまと再会することができるかも知れませんね」

と信松尼が応じたとき、十兵衛はふたたび意外なことを告げた。

「はい、きっとできましょう」

と答えたかれは、こうつづけたのである。

「実はそれがし、このたび江戸にもどりました際に登城の合間に見性院さまにもお会いいたしまして、御料人さまがこの御所水の里にて息災におわしますことをお伝えしてまいりました」

「まあ、それは」

切れ長の眼を瞠《みは》った信松尼に太い鼻筋を向けて、十兵衛はにこやかにいった。

「そういたしますと見性院さまは大変お喜びになられまして、それでは御料人さまに一筆認《したた》めるから八王子へ運んでほしい、とおっしゃいました。その書状がこの状箱《じょうばこ》に収められておりますので、今ここにおわたし申し上げましょう」

十兵衛は、身の左側に置いてあった黒漆《こくしつ》塗り朱房《しゅぶさ》の組紐《くみひも》つきの状箱を板の間にすべらせたかと思うと、ふたたび深く上体を折ってくぐもった声で伝えた。

「ただし見性院さまが手前におっしゃられましたところによりますと、そのお文《ふみ》には悲しいお知らせもふくまれているとか。手前は本日はこれにして失礼つかまつりますので、お気をたしかになされてお読みいただければうれしゅうござります」

十兵衛が八王子宿の内にある仮りの陣屋へ去り、石黒八兵衛が見送りに出たため、信松尼はひとりぽつねんと囲炉裏部屋に取り残された。

(悲しい知らせとは、何のことかしら)

と考えると、怖い気もした。しかし、懐しい異腹の姉の直筆に接することのできるのは喜びでもある。

信松尼は状箱を取って膝の上に置き、白く小さな手を組紐にのばした。

五

この時代の公家や武家の女性に求められる才能の第一は、仮名文字を美しく書くことができるかどうかである。

すでに四十七歳か四十八歳になったはずの見性院は、

「御身《おんみ》のおんこと、八王子の御所水の里にすこやかにましますと聞きはべれば、いとうれしゅう存じて一筆まいらせそろ。陳《の》ぶれば」

と書き起こして、ゆったりとした筆遣いで信松尼と一別して以来の自分の来し方を伝えていた。

武田勝頼がすでに古府中（甲府）の躑躅ヶ崎館を捨てて韮崎《にらさき》の新府《しんぷ》城へ移り、衰亡の時を迎えつつあった天正十年（一五八二）二月二十五日のこと。まだ古府中の館にあって穴山家から武田家へ差し出された証人（人質）となっていた見性院・勝千代母子は、梅雪の放った兵力四、五百によって救い出され、駿河《するが》の江尻《えじり》城へ向かった。勝頼から江尻城を預けられていた梅雪は、当時すでに勝頼を見限って家康と盟約を結んでいたため、武田家から妻子を奪い返す必要があったのだ。

見性院・勝千代母子は無事に江尻城に到着して梅雪に迎えられ、この城で三月に勝頼が滅亡したことを知った。

しかし、その後家康と梅雪が織田家の同盟者として信長から上方見物に招待されるうちに六月となり、本能寺の変が勃発。信長・信忠父子がそろって横死《おうし》したと知って土豪たちが各地に蜂起《ほうき》するや、家康は何とか三河へもどることができたものの梅雪は殺されてしまった。

家康は見性院・勝千代母子の境涯を哀れんでくれたのだろう、母子とお付きの者たちとを浜松城に引き取って充分に面倒を見てくれた。

母子が浜松城本丸奥御殿に離れとして建てられた殿舎に暮らしていたその年のうちに、奥御殿には武田家ゆかりの者だという家康のあらたな側室がやってきた。それが、お竹の方。

年が改まって天正十一年（一五八三）になると、今度は武田信玄の六女だというお都摩の局がやはり家康の側室として奥御殿に局を与えられた。

見性院は武田家ゆかりの者のうちにお竹という娘がいるとは知らなかったし、見性院たち信玄の娘の末っ子は五女の松姫だから、これらふたりの側室の触れこみはあきらかに真実ではなかった。

それでも見性院とお竹の方、お都摩の局の関係が剣呑《けんのん》なものにならなかったのは、ふたりが見性院の存在を知るや臣下の礼をとり、御機嫌うかがいを欠かさなかったためであった。

ところがこのふたりには、奇妙な共通点があった。奥御殿の庭を散歩して四阿《あずまや》などで顔を合わせたとき、

「ところでそなた、松姫の行方《ゆくえ》を知りませんか」

と見性院がたずねると、そろって困惑して顔をうつむけてしまうのだ。

武田家の女たちのうち、行方を絶っているのは松姫しかいない。一方、お竹の方とお都摩の局とは武田の血筋の者と称して、だれかを庇《かば》っているように感じられる。

そのだれかとは松姫に違いない、と見性院は直感したが、それ以上のことはふたりにはたずねないことにした。松姫がまだ生きてくれているのであれば、こんなうれしいことはないからである。

お竹の方は、早い時期に家康の三女振姫《ふりひめ》を出産。お都摩の局は、天正十一年（一五八三）九月十三日、家康の五男万千代《まんちよ》を産み落とした。

さらにその三年後の天正十四年（一五八六）十二月、家康が居城を浜松城から駿府城へ移したため、浜松城の本丸奥御殿に暮らしていた女たちと見性院・勝千代母子も駿府城に

移り住んだ。

このころ家康が考えていたのは、すでに穴山家の相続を認めていた十五歳の勝千代を元服させ、武田姓とすることによって武田家を再興させてはどうか、ということであった。からだの弱い万千代はまだちゃんと育つかどうかわからないが、勝千代の控えの弟とみなしてもよい。

ところがその翌年五月下旬、すでに元服して信治《のぶはる》と名乗っていた勝千代が悪い病気に罹《かか》ってしまった。初めはただの風邪かと思われたのに次第に高熱を発し、三日目には全身に発疹を生じて痘瘡に感染したと知れたのだ。

痘瘡に効く薬は、ない。苦悶しつづけた勝千代は、六月七日に至って息絶えてしまった。享年十六。

勝千代は信玄の孫だから、厳密にいえば甲州武田家はこのときに断絶したのである。

しかし、家康はお都摩の局を信玄の六女、万千代を信玄の孫でもある自分の五男とみなしていたので、勝千代あらため信治の家督を万千代に相続させれば徳川の血の入った武田家が成立する、と考えた。

そこで天正十六年（一五八八）、家康は万千代に穴山家の家督を相続させると同時に、その名をあらたに武田七郎信吉《しちろうのぶよし》と決定。昨天正十八年（一五九〇）八月に江戸入りすると、下総《しもうさ》の小金《こがね》城に封じて三万石の大名としたばかりか、穴山家の旧臣たちを城下に移住させて家臣団を創設させた。

江戸城に移っていた見性院に対し、お都摩の局はあるじのおふくろさまとして小金城に住まうことになったので、この時点で別れの挨拶を交わし合った。

見性院にとって、一子勝千代こと穴山信治に先立たれたことは痛恨の極みであった。しかし、その控えとされていた万千代あらため七郎信吉によって武田家が再興されたことはせめての慰めなので、その後はこの武田家がさらに繁栄することを祈りながら生きてきた。

見性院は書面にそう書きつづったあとで、ようやく本題に入っていた。

「下山殿《しもやまどの》（お都摩の局）とそれがしとは都合八年の交わりなれば、そもじの行方についてうちあけられしことも一再ならず。下山殿が御身の身代わりとして機山《きざん》さま（信玄）の六女と名乗り出られしことどもも、あわあわとながら察しまいらせそろ。

さはあれど月は満つれば欠くる定めにて、下総武田家のおふくろさまたりし下山殿は本年十月六日、小金城の奥殿に失《う》せたまいしにより、御城下の本土寺《ほんどじ》を菩提寺《ぼだいじ》と定められて、妙真院殿日上《みょうしんいんでんにちじょう》とお名を変えたまいしとかや。御身、それがしとおなじく髪を下ろしたりとうかがいはべれば、身を捨てて武田家の存続につくしくれたる下山殿の後生《ごしょう》をともに祈りたく存じはべりてかくは申すなり。……」

なんとお都摩の局は、信松尼が知らないうちにすでに世を去っていたのである。

頭がくらりとして目の前が暗くなったように感じた信松尼は、その場に屈みこんでほろほろと涙を流した。

自分が身代わりに立つことを許しさえしなければ、お都摩は夫とあえて別の人生を選び取ることもなかったし、こうも早く生涯を閉じることにならなかったのでは。そう思うとそこまで気のまわらなかった自分を責めたくなり、信松尼は胸ふたがれてしまって嗚咽《おえつ》することしかできなかった。

六

しかし、お都摩の死を知った以上、信松尼にはぜひともなすべきことがあった。その夫だった油川彦八郎に、苦しくともこの厳然たる事実を伝えなければならない。

その彦八郎は誠実を絵に描いたような人柄で、律儀《りちぎ》にも朝夕二回、信松尼の庵へ挨拶しにやってくる。

この日の夕焼が陣馬街道の西の空に赤々とひろがった時刻に影を長く曳《ひ》いてやってきた彦八郎は、近ごろ田畑を借りて農作業をはじめたため、野良着にたっつけ袴をまとって腰には脇差《わきざし》しか帯びていなかった。

「失礼つかまつります」

　と笠を外して庵の土間へ入ってきた彦八郎は、左手に抱えていた竹籠《たけかご》から拳大《こぶしだい》の果実を取り出して上がり框にならべ、奥から姿をあらわした法衣に白い頭巾姿の信松尼に告げた。

「柿の実が稔《みの》りはじめましたので、少し捥《も》いできました。御仏壇にお供え下さいまして、さらに熟してからお召し上がり下され」

「これはどうも」

　ひざまずいてそれらを掌《てのひら》に載せた信松尼は、仏間に入るのではなく上がり框に正座して告げた。

「あの、お伝えいたしたいことができましたので、ちょっと上がって囲炉裏端にきて下さいな」

「いえ、手足が汚れておりますので、よろしければこの場でうかがいます」

　と彦八郎が答え、三和土《たたき》に片膝をついて一揖したのは、屋内に人の気配がないと感じ取って囲炉裏部屋へ通ることを遠慮したのである。

「それでは、ここで申します」

膝の上に柿の実ふたつを載せていた信松尼には、彦八郎の声を聞くまで迷っていたことがあった。お都摩の訃報を伝えるのに見性院の書状を見せることをもってするか、自分からじかに伝えるべきなのか、という問題である。

しかし彦八郎が柿の実を献じてくれたばかりか、「手足が汚れておりますので、よろしければこの場で」となおも臣下の礼を尽くすのを見て、信松尼の心は決まった。自分のために夫婦の縁《えにし》を断ち、命まで投げ出してくれたお都摩のその後を知った以上、夫であった彦八郎にそれを伝えるのは身を切られるほど辛かろうとおのれ自身でなければならない。

「あの、そなたは見性院さまのことをよう知っておいでですね」

「はい、長兄の御正室でございましたから、それがしが油川という別家を継いだとは申せ、よう存じております」

「それでは、その見性院さまが今は江戸城にて徳川家のお世話になっていることも御承知ですね」

「いえ、それは初めてうかがいました」

と答えた彦八郎は、なぜ今日になってこのようなことを問われるのか、と不審に思ったらしく、伏せていた面を上げて信松尼を仰ぎ見た。彦八郎は髷《まげ》こそ大月代茶筅《おおさかやきちゃせん》に結うのを止《や》めて銀杏《いちょう》にしていたものの、目鼻立ちがすっきりしている。

その視線を受け止めて切れ長の目をまたたかせた信松尼は、ついにいった。

「見性院さまは、徳川さまに御奉公に上がったお都摩さんとおつき合いがおありだったそうでございましてね。本日、大久保十兵衛さまを介してわらわのもとに届けられました書状に、お都摩さんのその後のことが認められておりましたの。それが、――」

信松尼が一瞬絶句してしまったのと、唇をほう、というときの形にした彦八郎が身を乗り出し気味にしたのはほぼ同時のことであった。

信松尼が思い切ってことばをつづけると、彦八郎は凍りついたような表情に変わっていた。

「見性院さまから本日届きました書状にそうあったものですから、わらわもつい先ほど知ったような次第です。哀しいやら口惜《くちお》しいやらで、わらわは頭が混乱してしまって」

信松尼が手巾《しゅきん》で目頭《めがしら》を押さえながら見性院からの書状を手わたすと、

「拝見つかまつります」

と応じて受け取った彦八郎は、片膝づきの姿勢のまま食い入るようなまなざしで文面をたどりはじめた。その両手に支えられた高檀紙《たかだんし》の書状は、次第にこまかく波打ちはじめる。

少しあって、ありがとうござりました、と頭を下げながらその書状を信松尼に返した彦八郎は、顔を入口の方へ逸《そ》らしたまま野良着の肩を震わせた。かれは女あるじに泣き顔を見せるのは士の作法にあらずと咄嗟《とっさ》に考え、信松尼からの死角に顔を向けたのである。

彦八郎とお都摩は、いがみ合って夫婦別れをしたのではなく、信松尼が家康の女狩りの対象にならないように、との一念から夫婦相談してお都摩を家康のもとへおもむかせたのであった。そういう別れであってみれば、お都摩が信松尼一行のうちから姿を消して八年を経たとはいえ、彦八郎がその訃報に接するや恩愛の情によって落涙したのは痛いほどよくわかる。

いたたまれない思いのした信松尼が、

「今、白湯《さゆ》を差し上げますから」

と告げていったん柿の実を手にして台所へ去り、またあらわれ、盆に湯呑みを載せて上がり框に正座するまでの間に、彦八郎は手拭いで涙を拭って落ちつきを取りもどし、三和土に正座して上がり框に上体を向けていた。

どうぞ、と差し出された盆から湯呑みを受け取って一息に飲んだ彦八郎は、

「かたじけのうござります」

と頭を下げてから湯呑みを盆に返すと、三和土に両手を突いてきっぱりと告げた。

「お台所へおゆきの間にあれこれ考えますうちに、お都摩は小金の城下の本土寺とやらでそれがしがまいるのを待っているような気がして仕方なくなり申しました。お都摩の産み

まいらせし武田七郎信吉さまによって下総武田家が創設されていたことも初めて存じ上げましたが、そうであってみれば、それがしは武田家再興に尽くしたお都摩の御霊《みたま》に、でかした、とひとこと声を掛けてやりたくもござります。はなはだ卒爾《そつじ》な申しようにて汗顔《かんがん》の至りではござりますが、ここはひとつそれがしが小金に旅することをお許しいただけますまいか」

深々と頭を下げた彦八郎に、信松尼はいった。

「許すも許さないもございません。おみさまがおゆきになれば、お都摩さんも喜んで墓石が動くかも知れません。すぐ石黒八兵衛殿に申し伝えますから、路銀と回向料《えこうりょう》とをちゃんと受け取って出掛けて下さいね。お供は、何阿弥《なにあみ》に命じましょう」

信松尼が供のことにまで気配りしたのは、この時代の士分の者は決してひとりでは出歩かないためであった。一人旅の者は牢人《ろうにん》とみなされて、宿に泊めてもらえないことも珍しくない。

油川彦八郎と何阿弥は、翌日、追分まで見送った信松尼や石黒八兵衛に頭を下げて東へ去っていった。御所水の里より東へは行ったことのない信松尼は知らなかったが、小金とは江戸の日本橋から水戸《みと》街道をめざし、松戸《まつど》の手前の関所を越えて武蔵国《むさしのくに》から下総の相馬《そうま》郡《ごおり》へ入ると一里半先にあるという。

江戸と八王子を結ぶ甲州街道をゆく者は、途中で府中の宿場に一泊するのがふつうである。八王子―小金の間が二泊三日の行程だとすると、出発から六日目には御所水の里へ帰ってくることができる。

しかし、その六日目に帰ってきて信松尼の庵へ顔出ししたのは、笠も衣装もほこりまみれになっている何阿弥のみであった。

「無事に小金の新墓《にいばか》にお参りいたしまして、御住職にはお預かりした回向料をおわたししてまいりました」

と、これも白湯をもらって報じた何阿弥は、油川彦八郎殿はどこに、と信松尼に問われる前に答えた。

「油川さまは、本土寺の御住職にお都摩の局さまに長くお仕えして今は出家なされた御老女さまの所在を教えていただきまして、手前とともにそのお方のもとへも御挨拶にゆかれました。するとそのお方がおっしゃるには、お都摩の局さまはこの十月にいよいよ御容態《ごようだい》が悪くなりますと、苦しい息の下からこうお指図なさったと申します。わらわの命が果てたならば、風の便りにそうと聞いて八王子の方角からお墓参りに来て下さる方があるかも知れません。もしもそのお方が油川彦八郎さまとお名乗りなされたら、せめてわが遺髪の一筋をおわたし申し上げ、故人が長い間まことにありがとうございましたと申していた、とお伝えして下さるように、と」

家康の側室のひとりとなった身とはいえ、お都摩の局が終生愛《いと》しく思いつづけていたのは彦八郎だったのである。

信松尼がまだ十代のころ、武田家の新館《にいたち》付きの奥女中たちと一緒に読んだ王朝の世の物語や和歌の世界では、恋を三つに分けて考えていた。

逢う恋。逢わざる恋。そして、逢いて逢わざる恋。

逢いて逢わざる恋とは、一時は相思相愛の仲となって心身ともに結ばれた男女が、何かの事情で逢えなくなりながらもなお互いに慕い合う状態のこと。これぞ恋の極致とされるのだが、油川彦八郎とお都摩のこの九年間の関係こそ、逢いて逢わざる恋を地でゆくものだったのだ。

そうと気づいて目頭を押さえた信松尼に、何阿弥はなおも三和土に両膝を突いたままつづけた。

「その御老女さまがお都摩の局さまの御遺髪をわたして下さいましたので、油川さまはその御遺髪に合掌なさってから、懐《ふところ》に大切そうにお納めになりました。そして松戸の方角にもどりかけながら、不意に手前にこうおっしゃったのでございます。すまぬが、わしはこの遺髪を古府中の油川家の墓に埋めてやりたいので、八王子へ向かったら信松尼さまにお会いしないで、まっすぐ甲州をめざす。信松尼さまには、よろしくお伝えしてくれ、と」

「そういうことでしたか」

と信松尼はうなずいたが、なぜか彦八郎は御所水の里には二度と帰って来ないような気がした。女の勘なのか、出家した者ゆえの読みなのか、

(彦八郎殿はそのままどこかのお寺に入ってお都摩さんの菩提を弔いつづけることになさるのでは)

という気がしてならなかったからである。

事実、年の瀬が近づいてきても、彦八郎は御所水の里には姿をあらわさなかった。

七

それと入れ違いに信松尼のもとへよく顔を出すようになったのは、八王子の代官頭の大久保十兵衛であった。

十兵衛が江戸の屋敷よりも八王子の仮りの陣屋にいることの方が多くなったのは、武州《ぶしゅう》

の多摩郡《たまごおり》、橘樹郡《たちばなごおり》、都筑郡《つづきごおり》、比企郡《ひきごおり》その他の検地をおこなったばかりか、田畑や屋敷の面積や田畑の等級、生産高などを記録する検地帳（土地台帳）を作成していたためである。

その十兵衛は、

「領内の高尾山《たかおさん》の竹木《ちくぼく》を伐採してはならぬ」

との禁令を出したり、田畑への灌漑《かんがい》用水の掘削《くっさく》、多摩川と浅川《あさかわ》の治水工事などにも力を入れたりしたので、評判はなかなかのものであった。

これらの働きを家康に愛《め》でられて、十兵衛は横山宿のうちの滝山の里に八千石の知行所《ちぎょうしょ》を拝領。十二月中にはそれまで小人頭九人とその下役の同心衆二百四十八人だけであった八王子の在地兵力を一気に倍増させ、小人頭十人、同心衆を五百人とした。あらたに小人頭に登用されたのは、ほかならぬ石黒八兵衛であった。

同時に同心衆に採り立てられた二百五十二人のほとんども、武田家の遺臣たちであった。この者たちはすでに家康が採用した遺臣たちにつづき、いずれ置かれる八王子代官所の人間としてこの方面の治安維持にあたることになったのだ。

そして、これら新規採用の同心たちの中にも、御所水の里に庵を結んでいる信松尼こそ信玄の五女松姫さまだと知るや、手土産持参の上で挨拶しにくる者が多かった。

武田家の遺臣たちにとって、自分たちが星屑《ほしくず》だとすれば信松尼は月のように尊い存在にほかならない。一方、信松尼からすれば、同心衆五百人に近い遺臣たちが近在に土着してくれたのは心安らぐ出来事と感じられた。

八王子城の陥落前夜、当時また下恩方の心源院《しんげんいん》にいた信松尼は不意にあらわれた上杉家の軍勢に驚かされたものであった。だが、これらの同心衆がいつも自分に気を遣ってくれるのであれば、不躾《ぶしつけ》に庵に押しかけてくる荒くれ者ももうあらわれないであろう。

しかも、あけて天正二十年（一五九二）の一月になると、天下人《てんかびと》豊臣秀吉が朝鮮へ日本軍を渡海させることにして諸大名に出兵を命じはじめた、という風聞にもかかわらず、大久保十兵衛は例の緋色の陣羽織姿で信松尼をまた訪ねてきて、こういった。

「徳川家は江戸入りしてまだ二年とたちませぬし、その江戸城自体の増築もあって人手がいくらあっても足らぬところでござりましてな。太閤《たいこう》殿下も上さま（家康）を朝鮮渡海の顔触れから外して下さいましたので、それがしも今のままこの地の代官頭をつづけることに相成り申した」

「それはよろしゅうございました」

囲炉裏を挟んで十兵衛と向かい合っていた信松尼は、心底ほっとした、というように右手で法衣の胸のあたりを押さえてみせた。

すると十兵衛は、

「さて、それでですな」

自分の右膝をぽんと叩くと、からだのわりに大きくて角張っている顔をぬっと囲炉裏の火に近づけるようにして意外なことを口にした。

「初めてこの庵にて謁見を許されましたとき、それがしは、『はなはだ僭越《せんえつ》な申しようながら、御料人さまとお供のみなさまのことは一手に引き受けさせていただく所存にござります』と申し上げたことを忘れたわけではございません。石黒八兵衛氏《うじ》を小人頭といたしましたことや、かつて甲軍《こうぐん》に名をつらねておりました者たちを同心として採ったことなども、この約定《やくじょう》に従ってのことと思《おぼ》し召《め》していただけるとありがたく存ずる」

「あ、さようなことでございましたか。これはほんに」

お気遣いいただきまして、と口の中でつづけて白い頭巾に覆った頭を下げた信松尼に、

「いえ、それがしには今少し考えるところがござりますので、本日はそれをどうお感じになられるかを知りたく存じてまかり出た次第でござる」

と前置きして、十兵衛は気持をうちあけた。

「目下《もっか》、この地には仮りの陣屋しか置かれておりませんが、この陣屋は同心たちの数が倍になったこともござって、早くも手狭になってまいりました。そこで、それがしは、この御所水の里から見ると東へちょっと行ったところでございますが、八幡宿の南側に荒地が

ひろがっておりますので、この地を均《なら》しておよそ二千坪ほどの八王子陣屋を建てようと思い立ちました」

「お陣屋がそんな近くに建てば、ますます安堵《あんど》して仏道修行に励むことができましょう」

にこやかに応じた信松尼に、十兵衛はまたいった。

「いえ、それがしが本日、御料人さまにお聞き願いたく存ずるのは、八王子陣屋を建てることではございません。これを建てるために大工や職人、日傭取り（日雇い）たちが多く集まってまいりますので、この者たちを使ってもうひとつ別の作事をさせてはどうか、ということでござります」

「それは、何を作事するのでしょう」

信松尼の問いに、十兵衛は勢いこんで答えた。

「はい、この庵もあまりに手狭と拝察いたしますので、御料人さまを庵主《あんじゅ》とするよりひろやかな庵を建てさせていただきたく存じます。いずれはそのあらたな庵を元にしてお寺を建立《こんりゅう》させていただきたいとも思いますが、お寺には墓所もなければなりませんので、お許しいただけますなら早速、土地探しに取りかかります。気が早過ぎるようでござりますが、このお寺が建立されましたる暁《あかつき》には、御料人さまの御法名によりまして信松院としてはいかがか、と愚考つかまつります」

「まあ」

と信松尼が目を瞠ったのは、尼《あま》となった以上、一寺の住職になりたいという気持はないではないが、その一寺を建立する財力はないし、三人の姫たちを育てている身としては勧《かん》進《じん》のための行脚《あんぎゃ》の旅に出ることもできない、と思っていたためであった。

しかも十兵衛は、まったく思いがけないことをつけ加えた。

十兵衛は昨年晩秋、江戸の屋敷にもどったときに江戸城に登城し、家康に会って、武田松姫あらため信松尼が八王子におこない澄ましていることを報じた。そして、

「それがしのかつての主筋《しゅすじ》の御料人さまなれば、代官頭としてお守りすることをお許し下さりますればうれしゅうござります」

と平身低頭して申し入れたところ、家康はかつて松姫を見つけ出そうと執念を燃やしたことなど忘れたように答えた。

「勝頼が滅亡いたしてから、もう十年じゃ。さぞや苦労したことであろう。徳川家といたしても多少の援助をしてつかわそうではないか」

家康は、なおも松姫の妹と信じているお都摩の局の腹の七郎信吉によって自分の血を引く武田家を再興できたことに満足していた。しかも松姫が出家したと知ったので、もう信松尼には執着しなかったのである。

「そういうことでござりますので、どうか上さまの御厚意を無になさりませんように」

と十兵衛に念を押されては、信松尼としては御所水の里を去るのが淋しくはあっても、

「はい」

と答えるしかなかった。

しかも、十兵衛の話にはまだつづきがあった。

「ところで仄聞《そくぶん》いたしたところによりますと、御料人さまは養蚕とはどうすればできるのか、と土地の者たちにおたずねになったことがおありとか。養蚕に御関心をお持ちなのでござりますか」

この問いにも信松尼は、

「はい」

と答えてつづけた。

「わらわの手元には甲州から逃れるときにお預かりした孤児《みなしご》の姫が三人おりますので、わらわはこのお三方をきちんとお育てしなければなりません。わらわ付き、あるいはこのお三方付きの侍女や乳母《めのと》としてこの庵近くにつましく暮らしている女たちもおりますので、お蚕を飼って糸を取って、その糸で織物が織れるのであればこれらの女たちにひもじい思いをさせずに済むのではないか。さよう考えまして、かつて養蚕をしていたという方々に

要領を教えていただいたことはございました」

「立ち入ったことをうかがいまするが、その後、養蚕をはじめておいでではございますまい。なにゆえ、おはじめになりませんので」

「あれこれ教えていただきますと、蚕棚を設けた蚕部屋を作るには屋根裏部屋か二階のあるかなりひろい建物でないといけないようです。これとは別に糸取り部屋や機織り部屋も設けるということになりましたら長屋のような家が必要になる、とようやくわかりましたものですから、動くに動けずにいるというところでしょうか」

　やや恥じらうようにほほえんだ信松尼に対し、

「いや、ようわかり申した」

　と一揖した十兵衛は、きっぱりと答えた。

「先ほど申しましたように、上さまの御援助もござりますので御料人さまのあらたな庵は、いずれちゃんとしたお寺とすることを考えて選んだ土地にこの十兵衛が建てさせていただきます。そしてその近くには養蚕ができて、ついでに糸取りや機織《はたお》りのできる部屋を備えた建物も建てるか、どこかにある古い家を運んできて組み立てるかのいずれかにいたしましょう」

　甲州街道の整備拡張、宿場町の形成、諸郡の検地と検地帳の作成、在地兵力の充実といった面倒な仕事をつぎつぎにこなしてきた十兵衛にとって、庵とこのような建物をひとつ建てることなどは朝飯前のことだったのだ。

しかし、信松尼にはそんなことなど見当もつかないし、なによりもてきぱきと方針を決めてゆく十兵衛のような才気ある男と会話するのは生まれて初めての経験であった。

「たしか卵から孵《かえ》った蚕に桑の葉を与える作業をはじめるのは、五月初めのことでござる。それより一ヵ月前に建物ができておれば支度も間に合いましょう。それでは土地探しはすぐにはじめますので、しばらく御免」

いずれ信松院となるべきあらたな庵の建設、糸取り部屋と機織り部屋付きの養蚕所《ようさんじょ》の開設——独力ではとても叶《かな》えられないことが、たちどころに決まってしまったのである。

去ってゆく十兵衛の陣羽織姿を見送りながら、信松尼は夢を見ているような気持であった。

第九章　蚕とともに

一

大久保十兵衛《おおくぼじゅうべえ》が新たに建てるべき草庵の地として選んでくれたのは、八王子陣屋の用地として確保した横山宿《よこやましゅく》の約二千坪の土地から南西へ四町（四三六メートル）ほどしか離れていない一帯であった。

この天正二十年（一五九二）の一月十八日は、太陽暦なら三月一日にあたっているためもう寒くはなかった。

その一月中、信松尼《しんしょうに》は女駕籠《おんなかご》を持ってまた庵《いおり》を訪ねてきた十兵衛に誘われ、その女駕籠に乗ってこの土地を検分しにいった。いつもの陣羽織《じんばおり》姿の十兵衛は騎乗して、小袖《こそで》を尻《しり》絡《から》げした馬の口取りを先に立て、石黒八兵衛《いしぐろはちべえ》を小人頭《こびとがしら》とする同心《どうしん》二十人に自分の乗馬と女駕籠の前後を守らせていた。

女駕籠とは男たちの用いるものよりひとまわり小さい駕籠のことだが、引戸《ひきど》を朱色に塗るなどして婦人の好むように作られている。ただし、人の座る空間の前方に夢想窓《むそうまど》が切られ、内部から外を見ることができるようになっているのは男用のそれとおなじである。

御所水《ごしょみず》の里から踏みつけ道を東南へすすんだ一行は、十町（一〇九〇メートル）とゆかずにその土地に近づいた。

駕籠の内に正座していた信松尼が夢想窓から眺めていると、その踏みつけ道は次第に雑草を刈り捨てて人を通りやすくした道へと変わっていった。

これも十兵衛の心配りであった。

多摩の八王子の冬は江戸よりも寒く、雪が積もることも珍しくない。踏みつけ道に降り積んだ雪は丈《たけ》高く伸びた雑草を覆い隠し、その雑草は雪が溶けるとふたたび地上にあらわれて道ゆく者たちの足を滑りやすくする。十兵衛は信松尼の乗った女駕籠の前棒、後棒のどちらかが足を滑らせて信松尼に失礼があってはならない、と考えて草刈りまでさせておいたのである。

御所水の里から駕籠脇に付き添ってきたのは何阿弥《なにあみ》と侍女ひとりであったが、

「着いたようでございます」

とその何阿弥がいって女駕籠が地面に下ろされると、侍女が引戸を引いて信松尼に草履《ぞうり》を差し出してくれた。

「ありがとう」

と応じた信松尼が降り立って四方を眺めると、あたりにひろがっているのは一面の草原であった。

「いかがでございましょう」

下馬した十兵衛は白い頭巾《ずきん》と法衣《ほうえ》姿の信松尼ににこやかに近づいてくると、右手を上げてあちこちを指差しながら説明しはじめた。

「御覧のようにこの一帯はまことに平らかな土地でございますから、地均《じなら》しをして草庵を建てるのはさほどの手間ではございません。しかもここはそれがしがいずれ八王子陣屋を築こうとしておりますす土地よりひろうございますから、いつかこの草庵を拡大して寺院といたし、墓地をひらくことになさいましてもまだゆとりがございましょう。となれば、この地にて桑《くわ》の木を育てる一方で養蚕所《ようさんじょ》を建てるのも訳のないことでござる」

「でも、あの、このあたりの土地はどなたさまかの持ちものなのではありませんか」

臈《ろう》たけた面差《おもざし》を向けて切れ長な目をまたたかせた信松尼に対し、十兵衛は笑顔を見せて会釈しながら答えた。

「御料人《ごりょうにん》さまの仰せではございますが、武蔵国《むさしのくに》は徳川家の領国のひとつでございまして、この八王子は徳川家から代官頭《だいかんがしら》たるそれがしがお預かりしておるのです。このあたりのように田畑としても入会地《いりあいち》としても利用されておらぬ土地は代官領とみなされることになっておりますので、どうか御懸念なきよう」

「まあ、そういうことなのですか」

信松尼は驚いたように、右手で胸を押さえながらいった。

「それをうかがって、何やらほっといたしました。それでは十兵衛さまには御厄介をお掛けすることになりましょうけれど、わらわは姫たち三人と一緒にこちらへ移ってまいるつもりでその仕度をはじめることにいたしましょう」


十兵衛が建ててくれた草庵は、庵とはいえ左右ふたつの脇《わき》の間《ま》つきの本堂と台所屋形《やかた》、風呂屋形、井戸屋形と納屋《なや》を備えた五部屋から成る庫裡《くり》があり、寺院そのものであった。山門がなかったのは、草庵が落成したなら墓所を造成し、糸取り部屋と機織《はたお》り部屋のついた養蚕所も建てねばならないからである。

仁科五郎盛信《にしなごろうもりのぶ》の忘れ形見督姫《とくひめ》付きの志村大膳《しむらだいぜん》、馬場刑部《ばばぎょうぶ》らの男たちは、信松尼が心源院《しんげんいん》で修行していたときのように近くに掘立《ほったて》小屋を建ててもらってこちらに住むことになった。

信松尼一行が、仮りに信松庵と呼ばれるようになったこちらの草庵に移ったのは三月中旬のこと。信松尼は御所水の里の庵の出入口前に植えてあった案下《あんげ》峠《とうげ》産の赤松を掘り起こし、いずれ墓地となる地面の一角に植え直すことを忘れなかった。

すでに十兵衛は信松庵の周辺に桑の苗を大量に植え、かつて八王子城の近くにあったという山持ちの豪農の家を解体して運んできていた。

安い造りの家は、建材と建材を釘や鎹《かすがい》で留めるので、解体しようとするとその留めた部分から割れてしまう。

対して城の殿舎や神社仏閣、あるいはきわめて裕福な者の邸宅は釘や鎹を絶対使わず、建材と建材の巧緻《こうち》な組み合わせによって建てられる。このような邸宅には良材が用いられていることが多いばかりか、解体して移築することが可能なのである。

十兵衛が信松庵の南側に運んできて組み立てた屋敷は二階建てで、つぎのような造りになっていた。

長屋門を入った正面に農作業場を兼ねたひろい庭があり、その先が納屋。庭の左手前に井戸屋形があり、それとは路地を挟んだ位置に屋敷の入口があって、入ると三和土《たたき》。その左先は台所屋形につづき、右側には茶の間のひろやかな空間がひろがっている。

その茶の間の庭寄りには奥へ向かって板廊下がつけられており、この廊下をより奥へすすむと左側に納戸《なんど》造りの仏間、ついで客間として用いられる書院の間へとつづいてゆく。

三和土の台所屋形寄り左側には一間《けん》（一・八メートル）幅の階段があり、二階にも奥へ向かって板廊下が走っていて、布団部屋のほかに簡素な造りの十畳間が七つある。

これは御所水の里で知り合った清水《しみず》おみさの親戚の家の屋根裏部屋とよく似た造りであった。しかし、この屋敷の二階の方がはるかに天井が高く、どの部屋にも「風抜きの穴」といわれるものが多く設けられていた。

これは現代の換気口のこと。蚕は暑さと湿気を嫌うので、よく風の通る部屋でないといけないのだ、と最初に二階へ案内された日に十兵衛に教えられ、信松尼はすっかり感心してしまった。

十兵衛は、信松尼にこんなこともいった。

「甲州からこの辺へ運ばれて売りに出される上質な絹織物は、『甲斐絹《かいぎぬ》』と呼ばれております。多摩で養蚕が流行《はや》り出したのはいつのことか存じませんが、『甲斐絹』の人気が呼び水になって八王子周辺に養蚕農家が多くなったのは確かでござる」

「甲斐絹」ということばがあることも知らなかった信松尼は、

（するとあの「桜花《おうか》」も「甲斐絹」で織られているのかしら）

と思う一方で、その甲斐国から逃れてきた自分が八王子で養蚕をはじめようとしていることを不思議な定めとも感じるのであった。

二

御所水の里から清水おみさが信松庵を訪ねてきたのは、それから二日後のことであった。おみさは信松尼が新しい庵に移ったと聞き、新築祝いとして赤飯を炊いて届けにきたのだ。

「まあ、これは」

重箱入りの赤飯を見て喜んだ信松尼は、督姫、貞姫《さだひめ》、香具姫《かぐひめ》を呼んでおみさに挨拶させると、その赤飯を小皿に取り分けてやった。

「いただきまする」

はにかみながらも振分髪《ふりわけがみ》の三人は、うれしそうに口を動かしはじめる。

にこにこしてその三人の姿を眺めていたおみさが姫たちの出自を問わなかったのは、御所水の里ではいつしか信松尼は甲州武田家の姫君だと知られていたためであった。

その姫君が守っている少女であるからには、この三人も失われた武田家ゆかりの血筋に違いない。そう考えたおみさは、不躾《ぶしつけ》な問いを口にすることを慎んだのである。

そのおみさが信松尼に確かめたのは、

「ところで養蚕をなされるというお気持に変わりはございませんか」

という点であった。

「はい、大久保十兵衛さまが蚕室《さんしつ》のある家屋を寄贈して下さったものですから、ちょっと試してみたいと思っております。あとでその蚕室へ御案内いたしますから、ここはこうした方が、とどうかいろいろ教えて下さりませ」

助言を乞うた信松尼に、髪をひっつめ髪にして地味な小袖を品良く着こなしているおみさは答えた。

「お蚕さまはご存じのように蛾《が》の幼虫でございまして、卵から孵《かえ》ってから糸を吐いて作った繭《まゆ》の中で蛹《さなぎ》になるまでにおよそ三十日ほどかかります。その間に四度脱皮してだんだん大きくなるのでございますが、脱皮している間は眠ったように動かなくなりますので、この期間のことを眠《みん》と呼んで、その四回の眠を初眠《しょみん》、二眠《にみん》、三眠《さんみん》、四眠《しみん》と申します。卵から孵ってから四日間は第一齢と申し、そのあとに一昼夜、初眠のときがまいります。初眠の後は第二齢と申しまして、これは二、三日でおわって、一昼夜の二眠を迎えましてから第三齢と相なります。これは五日間と決まっておりまして、また一昼夜の三眠に入り、第四齢となります。その期間は六日間でございまして、その後に一日半の四眠のときがまいりました、第五齢と相成ります。第五齢は八日ないし九日間つづきますのですが、これは繭を作る直前の期間ですので異様なほど桑を食べるものでございましてね、およそ三十日間に摂《と》る量の七割は第五齢に食べる、と思って下さりませ」

現代の蚕は、第一齢のものが長さ一～三ミリメートル、第二齢が一センチメートル、第三齢が二センチメートル、第四齢が四センチメートルと倍増しつづける。しかし、この時代の国産の蚕はその半分ほどの大きさであった。

「お蚕さまは一日に三度桑を食べるものでして、これを朝桑《あさくわ》、昼桑《ひるくわ》、夜桑《ようぐわ》と申します。けれど第五齢になりますと不意に食べ盛りを迎えますので、増し桑といいまして一日に四回か五回桑を与えねばなりません。いちいち桑の葉を取りに行っていたのでは間に合いませんので、桑場《くわば》とか桑室《くわむろ》といわれる部屋に桑を貯えておく必要がございまして、これを貯桑《ちょそう》と申します。その桑の良し悪《よしあ》しがすなわち繭の良し悪しにつながるものでございますのでね、養蚕をおはじめになるのなら、急がばまわれで桑の木の育て方から覚えてゆかれるのがよろしいかと存じます」

つづけておみさが、

「それでは、代官頭さまの植えて下さった桑の苗を御一緒に見ながら話のつづきをいたしましょうか」

と提案したので、

「そうですね」

と信松尼はうなずいた。

そのやりとりにほっとしたような表情をしたのは、かしこまってふたりのやりとりを聞いていた三人の姫たちであった。分け与えられた赤飯を食べてしまった三人は、初眠、二眠、第一齢、第二齢といった耳慣れないことばの多出する会話を聞くことにすっかり退屈していたのである。


おみさの解説によると蚕は思った以上に大量に桑の葉を食べるようなので、

(そうすると、桑畑を作らなければいけないのかしら)

と、信松尼は思った。

しかし、庫裡に背を向けて西へ歩きながらたずねると、

「いえ、桑の木は畑や田んぼの畦道《あぜみち》に植えることになっておりましてね、なぜかおわかりですか」

と牝鹿《めじか》のように優しいまなざしをしているおみさは、にこやかにたずねた。

「さあ、わかりません。教えてたも」

と答えた信松尼に、おみさはいった。

「畑や田んぼは、人が命を支えるための穀物や野菜を育てるために作るものでございましょう。そういうところを桑畑にしてしまいますと、できる穀物や野菜の量が減ってしまいますのでね、桑は畦道や路肩など耕作をしない土地にしか植えないことになっておりますの」

この時代に養蚕をおこなう者がいても桑畑がまだなかったのは、田畑の生産性が低いので、とにかくその田畑をひろげることが最優先されたためであった。

信松庵の境内地とその西側の草地の境の南北の方向に二列に植えつけられていた桑の苗を、おみさは腰を屈《かが》めてその葉に触れるなどして丹念に調べていった。

桑は落葉高木であり、幹は直立して高さが五間《けん》（九・一メートル）以上に達することもある。葉は枝との間に柄《え》を持っていて、形は卵形で先がとがっているが、葉には三つないし五つの裂け目が入って人の手のような形を呈することもある。その葉の縁《ふち》は鋸歯《きょし》状になり、裏表に短毛を生ずる。黄緑色の花穂にできるキイチゴの実に似た形の果実は初め赤色、熟すと紫黒色になり、甘味があるので蚕はこれが大好物だ。

ひとわたり調べおえたおみさは、腰をのばしてから信松尼にいった。

「代官頭さまは、桑の育て方をよくご存じの方に植えつけをお命じになったらしゅうございます。昔から桑の畝《うね》の幅は五尺（一・五メートル）、苗株と苗株の間は三尺半（一・〇六メートル）とすることに決まっているのですけれど、ここの植え方はそれを守っております。すでに肥やしも与えてあるようですが、お蚕さまの孵ったころにもう一度肥やしをやるとよろしいでしょう。それまでは月に一回、除草をしなければなりませんし、桑の幹が高さ二尺（六一センチメートル）ほどになりましたら中刈《なかが》り仕立てにしなければなりません。それくらいはわたくしがして差し上げますから、庵主《あんじゅ》さまはとにかく今年はあれこれの作業を御覧になって、手順と要領を覚えて下さいますように」

「はい、そういたしましょう。ところで、中刈り仕立てとは桑をどのようにすることですの」

「はい。中刈りと申しますのは、ほうっておくとどんどん背が高くなってしまう桑の木の幹を途中で切ってしまうことでございます。こういたしますとその切り口のまわりからたくさん芽が生えてきて、その芽から育った枝にまたたくさんの葉が繁るものですから、お蚕さまにおいしい桑の葉をたっぷり食べてもらうには桑の木の幹を中刈り仕立てにした方がよい、ということになるのでございます」

つぎに信松尼は境内地の南の隅に組み立てられた養蚕所の建物に向かいながら、先ほどおっしゃった肥やしとはどのようなものなのですか、とたずねた。

この問いにも、おみさは明快に答えた。

「はい、枯葉や米糠《こめぬか》、藁灰《わらばい》、豆粕《まめかす》、油粕《あぶらかす》、それからお蚕さまの糞《ふん》などでございまして、尾籠《びろう》な申しように相なりますけれど下肥《しもご》え（人糞）を用いることもございます」

「その肥やしは、どうすれば手に入れることができるのでしょう」

「それは御心配なく。米糠や油粕などは、横山宿あたりの肥料問屋で安く手に入りますから」

「あ、そうなっているのですか。ほんにわらわは何も知りませんので、おみささんから見たら木偶《でく》人形のようでしょうね」

「こんな品の良い木偶人形には初めてお会いしました」

軽やかな会話を楽しんだふたりが見てまわった養蚕所に使う予定の二階屋の特徴は、

「蚕具《さんぐ》」

と総称される養蚕に必要な用具がまったくないことであった。

「まあまあ。この建物はとてもしっかりしておりますし、二階にならんだ十畳間はあきらかに蚕部屋として造られておりますのに、蚕具はどこへやってしまったのでしょうね」

「と申しますと、蚕紙《さんし》を求める前に蚕具を買いそろえておかないと今年は蚕を育てられないということでしょうか」

にわかに眉をきゅっと寄せた信松尼が不安に思ってたずねると、

「いえ、お買いになるまでもございませんよ」

と、おみさは自信ありげに答えた。

「わたくしのところでも昔は養蚕をしておりましたのですが、夫婦そろって老いてからは止めてしまいましたので、蚕具一式は納屋にしまってそのままになっています。それを差し上げますから、どうかお使い下さりませ。いざお蚕さまを飼う段取りとなりましたら、作業に慣れた作男か親戚の者を何人かこちらにうかがわせますので、寝泊りする場所とお心付けのことだけよろしくお願いいたしたく存じます」

どこまでも親切なおみさに、信松尼は感謝のことばもなかった。

三

多摩川は甲州と武州埼玉郡《ぶしゅうさいたまごおり》の境にある笠取山《かさとりやま》に発し、上流では一之瀬川《いちのせがわ》、途中で柳沢川《やなぎさわがわ》と合流して甲州都留郡《つるごおり》北部の山岳地帯を東へ下る間に丹波川《たばがわ》と名を変える。

さらに多摩川と名が変わるのは武州多摩郡西部に入ってからのことだが、八王子の東側、日野宿《ひののしゅく》でこの大河に合流する川筋に浅川《あさかわ》というのがある。八王子城の南麓をめぐって八王子宿の北を西から東へ眉のような形でゆるやかにのびてゆくこの流れは、八王子や日野では古来、飲料水や農業用水として利用されることが多かった。

上流の雪解《ゆきげ》によって春先に水量の増す浅川では清げな瀬音を立てて流れる水流に鮎の銀《ぎん》鱗《りん》がひるがえり、岸辺には白鷺《しらさぎ》の群れや単独で漁をする青鷺《あおさぎ》がその鮎を狙って集まってくる。

この年は季節が暦よりも早くすすんでいたため信松庵の桑の木も早く育ち、清水おみさは作男を連れて野良着に菅笠《すげがさ》姿でやってくると、手早く桑の木を中刈りしたばかりか肥やしをやってくれた。これが三月二十日のこと。二十五日になってまたやってきたおみさは、その桑の木を見てまわって、

「芽がずいぶん出てまいりました」

と信松尼にうれしそうに告げ、こう提案した。

「明日は巳《み》の刻《こく》（午前十時）ごろから浅川へ出向いて、蚕具の掃除をしたいと思っております。よろしければ庵主さまもいらっしゃいませんか。蚕具の手入れはどうするものかを知っていただけると思いますし、一仕事おえてから岸辺で食べるおむすびと香《こう》の物《もの》は大変おいしゅうございますよ」

古府中《こふちゅう》（甲府）の躑躅《つつじ》ヶ《が》崎館《さきかん》に育って新館《にいたち》御料人さまといわれていたころ、信松尼は何

度か野遊びに出掛けたことがある。

「小松を引く」

という王朝の時代からの行事に従い、春の野に出て小さな松を引き抜いたり、侍女たちとともに花を摘んだりした日々は、二度ともどってこないだけに懐しい思い出であった。

しかし、このような野遊びの際に老女が持たせてくれるのは、かならず三脚つき円筒形の行器《ほかい》に納めた豪奢《ごうしゃ》な料理の数々で、食の細い信松尼にはとても食べ切れなかった。

それに較べると、蚕具の手入れをしてから食べるという「おむすびと香の物」の取り合わせはあまりに慎ましやかなだけに、信松尼にはかえって気を惹かれるところがあった。

「それでは、御一緒させていただきましょう。巳の刻前にお宅にまいりますから」

ついでに信松尼が、浅川の岸辺で蚕具の掃除をするとは水洗いするということですか、とたずねると、

「それもございますが、そのあと天日によく干して清めまして、お蚕さまが病気にならないようにするのでございます」

と、おみさはいった。蚕具は日光消毒してから、煤払《すすはら》いしてできる限り清潔にした養蚕所に収められるのである。

当日、信松尼が何阿弥だけを従えて御所水の里の清水家におみさを訪ねると、作男たち

に蚕具を荷車へ積みこませていた野良着姿のおみさは、

「あの、そのお姿ではちょっと」

といって口籠《くちご》もってしまい、

「こちらへどうぞ」

とつづけて信松尼を納戸部屋へ誘《いざな》った。そして、今日していただくのは野良仕事のようなものですからこちらにお召《め》し更《か》えを、といい、洗いざらしの野良着、もんぺ、黒足袋《くろたび》と手甲脚絆《てっこうきゃはん》、手拭いを差し出した。

いつも顔を白頭巾で覆い、法衣をまとって過ごしている信松尼にとって、野良着ともんぺ姿になるのは初めての経験である。

「それでは庭先にてお待ちしておりますから」

といってその庭に面した廊下へ出ていったおみさの姿は、日射が明るいため逆光になって影絵のように見える。

「あの、ひとつうかがってもよろしいかしら」

と信松尼がそのおみさに聞いたのは、水辺で手足を濡《ぬ》らす仕事をするのに黒足袋や手甲脚絆は必要ないのではないか、という点についてであった。

「いいえ、さようなことはございませんよ」

口元を押さえてほほえんだおみさは、子供に教えるようにいった。

「庵主さまは蚋《ぶよ》といって、人や獣の血を吸う虫に刺されたことはございませんか。毒の強い蚋に刺されますと、その部分が痒《かゆ》いだけでなく大きく腫《は》れ上がって難渋することがままあります。蚋は水辺には特に多いものでございますから、頭と顔は笠と手拭いで、手足は手甲脚絆で守って、足の甲を刺されないためには黒足袋を着けるのがよろしいのです」

農民たちがなぜ野良着・菅笠姿となって手甲脚絆を着けるかを初めて知り、なかば感動してしまった信松尼はもうひとつたずねごとをした。

「ようわかりました。でも、もうひとつ教えて下さいな。足袋は、なぜ白足袋ではなく黒足袋なのでしょう」

「まあ」

困ったお方ですこと、といいたそうに苦笑したおみさは、それでもきちんと教えてくれた。

「お武家のみなさまは、足袋は白足袋が普通だとお思いかも知れませんけれど、白足袋は大変汚れやすうございますので、一回履きますと洗わなければなりません。けど、洗えば洗うほど傷みが激しくなりますから、保《も》ちは悪くなります。主家をしくじって牢人《ろうにん》された方や職人衆、それにわたくしども百姓が黒足袋や紺足袋を履きますのは、好みだからではございません。汚れの目立たない色の品の方が二日つづけて履いても汚れが目立たず保ちがよろしいからでございます」

「――」

一瞬絶句した信松尼は、

「つまらないことをうかがってしまいました。堪忍して下さいね」

とその場に正座しておみさに頭を下げ、頭巾を脱いだ。その形の良い耳朶《じだ》が桜色に染まっていたのは、自分の無知に恥じ入っていたためであった。

甲州街道北側を東西に走る堤を越えて浅川の光る流れを眺めると、対岸も堤になっていて若草が萌《も》え出ていた。青い空には鳶《とび》が円を描くように滑空しながらピーヒョロロと鳴き、うららかということばを絵に描いたような風景である。

「よくお似合いですよ。庵主さまを存じ上げない人が見たら、近在の若いお嫁さんと思いこむかも知れません」

野良着もんぺに手拭いを姉《あね》さんかぶりにした姿をおみさにほめられて、信松尼ははにかんだ。

ガタゴトと音を立てその水辺近くまで引かれてきた荷車にはタテジ、すべり竹、籠《かご》、縄などの蚕具が積まれていた。

タテジとは長さ八尺（二・四メートル）ほどの四角い材木で、その側面には十二、三カ所の切りこみが入っている。蚕部屋に蚕棚を組み立てるときには、前後に三本ずつ立てられたこのタテジが棚を両側から支える柱になるのだ。

そのタテジの切りこみに三本ずつ横たえられるのがすべり竹。縄はこのすべり竹の両端近くをタテジに結わえつけるために使われる。

このすべり竹の上部に生まれた浅い抽斗《ひきだし》のような空間に差しこまれるのが目を粗く編んだ竹の籠で、大きさは二尺半（〇・七六メートル）掛ける四尺（一・二メートル）。棚一段につき籠を四枚差すことができ、蚕をこの上で育てるには籠に蚕座紙《さんざし》という紙を敷いて飼育する。

二間（三・六メートル）掛ける二間半（四・五メートル）の十畳間を蚕部屋とする場合、その部屋の左右の二間の板壁に沿ってそれぞれ一列の蚕棚をならべるとする。棚一段には籠四枚を差しこむことができるが、上部の二、三段はあけておくものなので、ひとつの蚕棚に収容できる籠の数は十枚ほど。その棚の横幅が半間とすると壁際には棚四つがならべられるので、籠の数は四十枚。向かい合った側の籠も加えれば八十枚に達する。

これらの蚕具をよく洗い、日光消毒してから使用するのは、不潔にしておくと蚕が病んでしまい、悪いときには全滅してしまうからである。

信松庵の養蚕所には十畳間が七部屋あるから、収容可能な籠の数は五百六十枚。これだけの籠を運ぶには荷車が足りないので、この日手入れされたのはその半分ほどであった。

春三月とはいえ浅川の流れはまだ冷たく、雑巾をその水に浸しては腰を屈めて蚕具を洗ううち、信松尼の白い手は赤くなってきた。

それでも作業は順調にすすみ、信松尼は雑巾を濯《すす》ぎながら澄んだ流れに目を遊ばせるゆとりが出てきた。陽光を浴びて水底《みなそこ》に揺らぐ水草、小さな腹部を一瞬光らせて泳ぎ去る雑魚《ざこ》の群れ。額《ひたい》に汗して働きながらこれらを目にする喜びを、信松尼は三十二歳にして初めて知ったのであった。

やがて日は中天に差しかかり、清水家の作男たちはすでに洗いおえた蚕具を堤にずらりとならべて乾かしはじめた。

この作業がおわれば、昼食である。

「さあ、いただきましょう」

おみさが背負い籠に入れて運んできた大きな包みがおむすびと香の物であった。

「庵主さまも、どうぞ」

と差し出された盆を見て、信松尼は途惑った。小皿も箸もないのをどのようにして受け取るべきなのか。

「この辺ではね、掌《てのひら》がお皿代わりなのですよ」

信松尼の気持を察したおみさは自分の左掌に香の物を載せたかと思うと、信松尼の左掌にもおなじように載せてくれた。そして、盆からひとつおむすびをつまむとその隣りに腰を下ろし、

「いただきます」

とだれにともなくいって頭を下げてから、食事をはじめた。

そのとき、信松尼が背を向けている南岸の堤へ駆け上がってきた者の気配がした。箸がないので右手でじかにつまんだおむすびを食べようとしていた信松尼が背後の高みを振り返ると、髷《まげ》を左右に振ってだれかを探しているのは志村大膳と馬場刑部のふたりであった。

それにしても、督姫付きのふたりが何を慌てているのか。立ち上がった信松尼が、

「どうしました」

と呼び掛けると、野良着もんぺに手拭いを姉さんかぶりにしたその姿にふたりは一瞬驚いたようであったが、すぐに大膳が堤を駆け下りてきて信松尼の目の下にまわりこみ、事情を伝えた。

「申し上げます。督姫さまがにわかに熱を出されまして、息を喘《あえ》がせるほどと相成りまし

た。乳母《めのと》殿によると少しではございますが血もお吐きになったそうですので、とりあえずお知らせに参った次第でございます」

「え、血を吐いたのですか」

信松尼がにわかに眉を曇らせたのは、胃からの吐血《とけつ》であれ肺からの喀血《かっけつ》であれ、いずれもこの時代には死に至ることが珍しくないからである。仁科五郎盛信の忘れ形見の督姫は、ようやく十三歳まで育ったものの食が細いためかからだが小さく、よく風邪を引く。

「まあ、督姫さまとは先だってわたくしのお持ちしたお赤飯をおいしそうに食べて下さったおひとりでしょう。早く行ってあげて下さいまし」

おみさにいわれ、

「はい、すみません」

手にしたおむすびと香の物を盆にもどした信松尼は、大膳と刑部を追うように堤の上の踏みつけ道をめざした。

四

信松庵へもどった信松尼は、庫裡の玄関先で黒足袋を脱いで手甲脚絆を外し、姉さんかぶりにしていた手拭いも取りながら廊下へ急いだ。

督姫の身を横たえた部屋には、すでに高遠城《たかとお》から供をしてきた乳母《めのと》と侍女ふたりが集まり、褥《しとね》の枕許《まくらもと》を囲むようにして督姫の様子をうかがっていた。

「どんな具合なのですか」

野良着姿のままであることなど気にもせずに入室した信松尼がたずねても、督姫が身を起こそうとしないのは眠りに落ちていたためであった。

しかし褥のかたわらに座った信松尼が右手をその額に当てると火のように熱く、督姫が高熱を発していることはたちどころに知れた。

「お水を汲《く》んで持ってきてたも。あ、それから手拭いも」

とにかく熱を下げないと、と考えた信松尼は濡れ手拭いを督姫の額に置くよう指示すると、自分が寝所《しんじょ》として使っている奥の一室へ向かった。

戦国の世の武家のあるじには、今日いうところの救急医療に通じている者が珍しくなかった。長い行軍に疲労困憊《こんぱい》してしまった将兵には漢方薬の八味地黄丸《はちみじおうがん》やマムシの黒焼きの粉末などの強壮剤を与えねばならないし、手傷を負った者には消毒剤代わりに焼酎《しょうちゅう》を口から吹きつけてやり、血止め草を分け与える、といったことも主将の務めだからである。

従って武家の女たちには薬簞笥《くすりだんす》の管理を夫から依頼される場合が多く、貯えの少なくなった薬を薬種《やくしゅ》問屋や薬売りから仕入れる仕事をまかされていることもよくあった。

信松尼の場合、躑躅ヶ崎館にあって新館御料人と呼ばれていたころには薬の知識をほとんど持たなかったが、韮崎《にらさき》の新府《しんぷ》城から逃避行をこころみて以降は、一行の女主人として供侍《ともざむらい》や侍女たちの持ち出してきた薬種の管理をおこなう必要性に迫られた。

特に幼い督姫、貞姫、香具姫の三人は風邪を引いたり御腹《おなか》をこわしたりすることがよくあったので、その分だけ信松尼は薬についての知識を身につけざるを得なかったのだ。

信松尼は奥の一室に入ると野良着を白の作務衣《さむえ》に手早く着更《きが》え、棚から乳鉢《にゅうばち》と乳棒《にゅうぼう》を取り出すと、薬箪笥の抽斗からは頓服薬《とんぷくやく》を取り出した。

単に「頓服」という場合、この単語は複数回にわたって飲むのではなく一回だけ服用する行為、あるいはそのとき服用する薬を意味する。それが「頓服薬」と三字熟語になると解熱剤を指すことになり、これを服用すると深く眠る間に大汗をかくことによって熱が引くという薬効が期待できる。

その場に正座した信松尼は、乳鉢に落とした頓服薬を乳棒を使って丹念に磨《す》りつぶすと、その粉をつつんだ薬袋を三つこしらえてから督姫の部屋へ運んでいった。

この頓服薬はよく効き、日暮れ時まで昏々《こんこん》と眠りつづけた督姫はめざめたときにはほぼ平熱にもどっていた。

信松尼はほっとしたが、話はこれで一件落着となったわけではなかった。浅川の岸辺へ駆けつけてきた志村大膳と馬場刑部が、

「乳母《めのと》殿によると少しではございますが血もお吐きになったそうですので、とりあえずお知らせに参った次第でございます」

といったからこそ、信松尼は蚕具を洗う作業を中断してまでして信松庵へもどってきたのである。

しかし、督姫の乳母と侍女ふたりは、信松尼が督姫に何とか頓服薬を飲ませた時点までにすでに大きな誤りを犯していた。督姫の吐いた血の付着した衣装を、水洗いしてしまったのだ。

人が血を吐くのは、口の中あるいは歯に傷を生じた場合を別にすれば、胃腸から吐血したか肺から喀血したかのいずれかである。吐血の場合だと出血はやや黒ずんでおり、喀血した場合のそれは鮮紅色を呈している。というのに乳母と侍女たちがそれと知らず、衣装を水洗いしてしまったため、督姫の病巣《びょうそう》が胃腸なのか肺なのかはっきりしなくなってしまったのだ。

だが、信松尼はこの八王子まで同行してくれた者たちをきつく叱る気性ではない。

「今後おなじことが起こりましたら、こうして下さいね」

というやわらかな表現で、衣装を慌てて洗ってしまうのは控えるように、と伝えるうちに大久保十兵衛がまたやってきた。

信松尼が十兵衛の訪問をうれしく感じたのは、

(どなたか名医を紹介していただけるかも知れない)

と考えたことが大きかった。

そうとも知らずいつもの緋色の陣羽織姿で客間へ請《しょう》じ入れられた十兵衛は、法衣に着更えて頭巾をまとった信松尼が応対に出ると、背丈の低さのわりに大きな顔に笑みを浮かべて朗々たる声で挨拶した。

「よい時候になってまいりました。いま、門道で会った何阿弥によると、御料人さまにおかせられては、本日、浅川で蚕具のお手入れをなさいましたとか。何阿弥に、その方もお手伝いいたしたのだろうな、と問い糺《ただ》しましたるところ、いえ、お供はいたしませんでした、などと吐《ぬ》かしますゆえ、その方は何を考えて奉公しておるのだ、ときつく叱っておきました」

「いえ、それは何阿弥が悪いのではございません。ちょっと急病人の出る騒ぎがございましたものですから」

と信松尼が答えて督姫の話をすると、十兵衛はすでに信松尼が督姫、貞姫、香具姫の三人の姫君を養育していることを承知しているため、真剣な顔をしてうなずいてからたずねた。

「ところでそのお姫《ひい》さま方は、当年で何歳におなりでしたか」

「わらわどもが甲州からこちらへ逃れてまいりました十年前、督姫は三歳、貞姫と香具姫は四歳でございましたから、今年で督姫は十三歳、あとのおふたりは十四歳になりました」

と答えた信松尼は、よくぞ十年間も無事に育って下さったと思っていたのですが、と小声でつけ加えた。

すると十兵衛は信松尼の胸にたゆたう不安を感じ取ったかのように、

「医師はすぐに呼びまするが、ありていにおたずねいたし申す」

と居住まいを正していった。

「女子《おなご》の十三歳、十四歳と申せば、すでに縁談がござっても不思議ではない年齢でござる。姫君方に、将来どうなさりたいのかおうかがいなさったことはおありか」

「はい、督姫は自身で蒲柳《ほりゅう》の質に生まれついたことをよく承知しておりまして、わらわのことを間近に見ているせいかも知れませんけれど、いずれ髪を下ろして御仏《みほとけ》にお仕えしたい、と打ち明けてくれたことがありました。あとのおふたりは至って健やかでございまして、幼くして父母と死別いたしたわりには気性も素直に育っておりますから、どなたさまかがお望みであればそちらに嫁いで妻となり母となるのが幸せかも知れません」

「さようでござりますか。いや、よくぞそこまで教えて下さいました」

頭を下げた十兵衛は、右の拳《こぶし》でぐいとまぶたをこすった。わずか十三歳にしていずれは髪を下ろしたいと願っている督姫、あるいは父母と死別したというのに健気《けなげ》に育っている貞姫と香具姫のいずれか、あるいは双方に、十兵衛は十兵衛なりに胸を打たれたようであった。

その十兵衛は一呼吸置いて、

「では御料人さま、かようにさせて下され」

と切り出した。

「いずれこの土地に建立《こんりゅう》させていただく寺院に庵主さまがおふたりいるわけにもゆきますまいから、督姫さまが出家あそばされることになりましたときは、それがしがお近くに別の庵を建てて差し上げましょう。貞姫さまと香具姫さまについては折を見てお上（家《いえ》康《やす》）にも申し伝え、良縁がございましたらなにとぞよろしく、とお願いしておきましょう」

「うれしいお返事を頂戴いたしました」

と答え、信松尼は手巾《しゅきん》で目頭《めがしら》を押さえていた。

五

この騒ぎの間に、清水おみさは自分の家の作男や下女を使って信松庵の養蚕所の煤払いも済ませていた。そして翌三月二十七日には、二階にならんだ十畳間の蚕部屋七部屋の室内の左右にタテジを立て、棚一段につき四枚の籠もならべおえた。

籠の目はきわめて粗いので、信松尼はこれらの蚕部屋を初めて見たとき、

「蚕があの籠の目から落ちてしまうことはないのですか」

と、おみさについ聞いてみた。

するとおみさは、口元を押さえてほほえみながら教えてくれた。

「すべての籠の上には、蚕座紙という紙を敷きつめますのでお蚕さまが落ちたりする心配はございません」

「まあ、さようでしたか」

と答えた信松尼は、あらためてたずねた。

「するとわたくしどもといたしましては、あとは蚕の卵を産む蛾を見つけてお蚕種子《かいこだね》を採る、という手順を踏むわけですね」

「前にはさよう申し上げましたが、近頃はまことに便利になりまして、お蚕種子を売りにくる『蚕種屋《たねや》』という商売がひろまってまいりました。『蚕種屋』から『蚕種紙《たねがみ》』（蚕卵紙）を買い求めますと、この紙に貼りついている卵から蚕が孵りますので、蛾を探してまわったりはしなくてよいのです」

おみさはにこやかに答え、聞けば蚕種屋は例年だと五月にまわってくるそうですが、今年は暦より季節がすすんでおりますからすぐにやってくると思います、とつけ加えた。

おみさの見立ては当たり、腰の曲がった蚕種屋の老人が御所水の里から信松庵へまわってきたのは二十八日のことであった。

そのおみさによると、清水家が養蚕をおこなっていた一昔前には蚕種屋という商売などなかったため、自分たちで蚕種紙を作るのに苦労したものだったという。

蚕が羽化し、繭から蛾となって出てきたら、雌《めす》の蛾を選んで紙にびっしりと産卵させ、蚕種紙をたくさん作っておく必要があったからである。しかも、蚕種紙は一枚一枚を紙袋に入れて翌年五月まで保存しておかねばならず、その保存法がまことに神経を使うものであった。

蚕種は日の当たる場所や火のあるところが大嫌いで、行灯《あんどん》の上に吊《つ》るしておいたりよく焚火《たきび》をする場所の近くに置いておいたりすると卵が孵らない。特に油分、塩分、鉄分、煙草《タバコ》、茶や麻の種子、樟脳《しょうのう》などのある部屋で育てるのは禁物《きんもつ》で、蚊帳《かや》や麻の布につつんでおいただけでも卵は孵らないのだという。

さらに寒《かん》の入りを迎えると、蚕種紙を盥《たらい》に張った冷水に漬《つ》けて、また乾かす風習もあった。これは卵から毒気を抜くためにおこなうべきこととされていたが、冷水に漬ければ弱い卵は死んでしまって強健な卵だけが孵るからだ、ともいわれていた。

いずれにしても田畑に出るのと並行して養蚕をおこなうことは、かつては一年中気を抜くことのできない労働であったのだ。これらの手間をすべて省いてくれるのが蚕種屋であったから、養蚕をおこなう家では次第に蚕種屋が蚕種紙を売りにくるのを待って、その年の養蚕に取りかかるようになったのである。

雌の蛾は一匹当たり三百ないし四百粒の卵を産むもので、この時代の蚕種紙一枚には二百四分あわせて六万ないし八万粒の卵が貼りついている。

この卵が「上作」といってまことによく生育した場合、蚕種紙一枚分の卵は畳二十畳分の蚕に変わる。その蚕が作る繭の量は一畳につき六百匁《もんめ》（二・二五キログラム）なので、理論的には二十畳で十二貫目（四五キログラム）の繭が取れる計算になるが、実際は途中で死んでしまう蚕もいるので六貫（二二・五キログラム）取れれば充分である。

それでも繭百匁（三七五グラム）からは生糸が九匁（三三・七五グラム）取れるので、繭六貫からは二キログラム以上の生糸が取れる。十畳間七部屋に収められる籠の数は最大で五百六十枚だが、棚一段の四枚分を一畳とすると全体では百四十畳分、三貫七百八十匁（一四・一八キログラム）以上の生糸が得られる計算になる。

一方、布一反《たん》（幅およそ三四センチメートル、長さ一〇メートル強）を織るには生糸二百四十匁（九〇〇グラム）近くを必要とするものの、生糸が三貫七百八十匁もあれば十五反以上の反物ができる。江戸に人口が集中しつつある今日、もっともよく繁盛しているのは糸屋、呉服屋、古着屋など服飾関係の者だといわれていたから、もしもこれだけの量の反物を作れた場合、かなりの収入が期待できるものと思われた。

つぎに信松尼とその侍女たちがおみさに教えられながらこころみたのは、給桑《きゅうそう》用の台の上に籠を置き、その上に蚕種紙をならべてゆくことであった。昔であれば蛾の卵の粒など気味が悪いと感じてしまったかも知れないが、

（これが蚕になるなんて）

と思って粒々の貼りついた紙を見つめていると、まもなく生きものの持つ不可思議な力

をこの目でたしかめられるのだ、という期待感が湧いてくる。

おみさはこの卵が孵る日については、

「三月二十九日掃《ば》きと蚕種屋さんにいっておきましたから」

と、信松尼にはよくわからないことをいった。聞けば二十九日掃きとは、その日付の日に掃き立てという作業をおこなって卵から孵った蚕を蚕棚の籠に移すことだという。

（すると、この卵は二十九日までに孵るとわかっているものなのかしら）

信松尼が首を傾《かし》げたのは、おみさがあらかじめ二十九日掃きにできる蚕種紙を、と蚕種屋に注文してあったことを知らなかったためである。

だが、二十八日のうちに蚕種紙にはすでに微妙な変化が起こっていた。気の早い何匹かが卵から孵り、小さな毛虫となって蠢《うごめ》き出したのだ。

「あ、それでは蠟紙《ろうし》を下さい。わたくしがこの籠をつつみますから、見ていて下さい」

といったおみさは、侍女のひとりから蚕座紙として蚕棚の籠にすでに敷かれていたのとおなじ質の紙を受け取り、上体を給桑用の台に傾けてそっと籠をつつんでいった。

そして、説明してくれた。

「蠟紙には蠟が塗られておりますから、水気に強いことはみなさまご存じですね。卵から孵って毛虫になったお蚕さまは毛蚕《けご》ともいいますが、どこかへ行ってしまわないよう普通の紙でつつみますと、湿り気を帯びた毛蚕のからだがその紙にくっついてしまいます。そのため掃き立て前の籠は蠟紙でつつむのがよいとされておりましてね、蚕座紙として蠟紙が使われるのもおなじわけでございます」

養蚕所を出ると、姉さんかぶりにしていた手拭いを外したおみさはまたいった。

「それでは明日から当分の間は忙しくなりますから、毎日お邪魔させていただきます。みなさまには明日の朝から毎日朝夕二回、桑切り鎌で桑を刈ってこちらへ運んでくることをお願いします。桑は葉を摘むのではなく葉と芽のついた枝ごと伐《き》って、背負い籠に入れて持ってきたらきっと日陰に置いて下さいね。日当たりのよいところに置いておきますとすぐに萎《しな》びてしまって、お蚕さまは食べて下さいません。朝夕二回桑を刈るのも、昼に刈ると日の光で萎びやすいからでございます」

その日の夕方から信松尼が勤行《ごんぎょう》の合間に養蚕所へ行き、そっと蠟紙を外してみるたびに、もやもやと動く毛蚕の数は驚くほどの速さで数をふやしていた。二十九日の朝おみさが野良着にもんぺ姿でやってきて、ふたりして籠の包みをひらいたときには、すでに卵は七割方孵ったかに見えた。

「これは具合良く育っておりますこと。もう一日あれば全部孵るでしょうから、掃き立ては今日ではなく明日の午前中にいたしましょう。でもその前に、みなさまには桑の枝の刈り方を知っておいていただかないといけません」

といったおみさは、その作業をお教えするのは夕方にしたい、そのときまでに養蚕をおこなうみなさまを桑の木のところへ集めておいてほしい、と信松尼に依頼した。

八王子は夕焼の美しいところで、日が西に大きく傾いて高尾山の上空に唐紅《からくれない》と朱色をこき混ぜたような赤味がひろがると、西南の丹沢《たんざわ》山地のかなたには逆光に翳《かげ》った霊峰富士も眺められる。

その夕焼の下から、おみさは前に長い影を倒して桑の木が二列に育った信松庵の西側の地にやってきた。

この日、蚕の様子を見にきたときのおみさは地味な小袖《こそで》姿だったが、今のおみさは野良着もんぺ姿になって手甲脚絆を着け、手拭いを姉さんかぶりにして足元は黒足袋草鞋《わらじ》掛け、背には棒状のものを五、六本入れた背負い籠をかついでいた。

桑の木の列はすでに中刈り仕立てにされて、枝葉を四方にのばしている。それを見たおみさは背負い籠をその場に置くと籠の中から棒状のものを一本取り、背後に集まってきていた信松尼と侍女、そして何阿弥らに対して簡単に挨拶した。

「夕餉《ゆうげ》の仕度をなさる頃合にお呼び立てして申し訳ありません。ですが明日からみなさまにはお蚕さまに桑を与えていただかねばなりませんので、本日中に桑の枝を刈るコツを知っておいていただきたいと存じまして」

そこでおみさが右の肩口にかざして見せた棒状のものは、先端からほぼ直角に三日月形の刃を突き出していた。

おみさは、寺子屋の師匠が寺子たちにものを教えるようにいった。

「これは桑刈り鎌と申しまして、田の草取りに使う鎌よりも刃が厚めで大きくできています。桑の葉をつけた枝を刈れるように作られているためですが、もし刃が欠けてしまっても、鎌というものは研ぎ直すと前より切れ味がよくなりますから気にしないでよろしいのです。枝は、こんな具合に落とします」

背後の桑の木に近づいたおみさは、腰の高さの一枝の先を左手で無造作につかむと、陽光に刃先を煌《きら》めかせてその枝をカッと刈った。

「これくらいの長さに刈るのがよろしいかと思います」

おみさが一同に示した枝の長さは、一尺半（四五センチメートル）ほどであった。

「では、どなたか刈ってみて下さい」

といわれて歩み出たのは、作務衣姿の何阿弥であった。おみさから別の桑刈り鎌をわたされた何阿弥は、長く雑用にたずさわってきただけに巧みに枝を刈ることができた。

「お上手ですね。枝は上下左右とも一本おきに刈ってゆくと、残した枝と枝との間に風が入って桑の成長を助けると、いわれています」

と解説してくれたおみさは、三本目の鎌を侍女のひとりに手わたした。

小袖にたすき掛け、たっつけ袴《ばかま》姿でやってきたその侍女は、腰を屈めながら手近の枝に鎌をぶつけるようにした。鎌の刃は枝の根元近くにガッと食いこんでしまい、なかなか外れなかった。

「無駄な力を入れて鎌を振り下ろしたり、しっかり柄《え》を握らずに振り下ろしたりするとこうなってしまいます。よく息を吸って、その息を吐き出すのと同時に素直に鎌を繰り出す気持でやってみて下さい」

「はい」

と応じた侍女はおなじ枝に対して桑刈り鎌を繰り出す所作を三度繰り返してから、

「えい」

と気合を放ってその枝を刈り取ることに成功し、うれしそうにおみさにお辞儀をしてみせた。

この日おみさが最後に教えてくれたのは、刈った枝から葉を扱《こ》き落とす方法であった。枝を左手で支え、右手で葉を枝の先端方向から根元の方へ扱き落としてゆくのはむずかしい作業ではない。

大きく育った蚕には、桑を枝ごと与える。しかし、孵ったばかりの毛蚕には芽と葉、そして実だけを与えるのだ、というおみさの説明を信松尼たちは落日の光景の中で神妙に聞いた。

六

あけて四月一日、清水おみさは早朝のうちに信松庵へ作男と下女をつれてやってきた。何阿弥、侍女たちと早速桑刈りをはじめたおみさたちは、各自の背負い籠に一杯の桑の枝を刈ると養蚕所へ向かった。

朝の勤行《ごんぎょう》をおえた信松尼が作務衣に着更えて行ってみると、おみさたちは台所屋形であった。枝から扱き落とした桑の芽、葉、実を俎《まないた》に載せ、菜切り庖丁《ほうちょう》で刻んでいるところであった。毛蚕《けご》は米粒ほどの大きさしかなく口も小さいので、桑は細かく刻んだものから与えてゆくのである。

この桑をいくつかの大笊《おおざる》に盛ったおみさは、

「それでは、いよいよ掃き立てをいたしましょう」

といって大笊のひとつを手にし、一間（一・八メートル）幅の階段へ向かった。

おみさがまず入ったのは、二階の廊下の左手前の給桑用の台と蚕種紙の包みの置かれている十畳間であった。

つづいて入室した信松尼が見まわすと、蔀戸《しとみど》を開けて明るくなった十畳間の左右に立てられたタテジの手前には蚕棚から引き出された蚕座紙敷きの籠と蚕種紙の包みがずらりとならんでいた。

入口近くに置かれていた木製の台に向かって立ったおみさは、

「では、蚕種紙の包みをひとつ下さい」

といいながら桑の大笊を台の右寄りの位置に据えた。つづいてわたされた蚕種紙の籠から蠟紙の包みが取りはらわれると、ほとんどが卵から孵っていた毛蚕は爆発的にふえたように感じられた。

そのうようよ、ぞよぞよと蠢く黒っぽい毛蚕の群れが視界にあふれるとやはり気持の良いものではなく、信松尼はぞっとしてしまって鳥肌を立てていた。

「お蚕さまは今は毛虫といえば毛虫でございますから、驚かれても無理はありません」

信松尼の気持を察したようにいったおみさは、大笊から右手につまんだ刻み桑を毛蚕の群れの上にぱらぱらとふりかけはじめた。刻み桑が大好物の毛蚕は、からだの上にその大好物が降ってきたことに気づいたとたん、これを食べようとしてより活発に蠢きはじめる。

それを確認したおみさは、残った蚕種紙の包みもあけて刻み桑をふりかけるよう一同に指示してから、自分は最初にあけた蚕種紙を両手に捧げ持って、ならべられている蚕棚用の籠の前へ移動した。そして、手にしていた蚕種紙を裏返すと、毛蚕の食いついている刻み桑は受け皿である籠の蠟紙の上にばさりと落ちる。

つぎにおみさが襟《えり》の合わせ目から取り出したのは、鳥の羽根を数本結んでこしらえた羽根ぼうきであった。まだ裏返しのまま左手につままれていた蠟紙の上になった面を、おみさは羽根ぼうきの柄の部分でトントンと軽く叩いた。すると、まだ蠟紙の下側の面にくっついていた毛蚕と桑がすべて籠へと落ちてゆく。このように毛蚕を蚕種紙から蚕棚の籠に移すことが、羽根ぼうきを使うためもあってか掃き立てと呼ばれるのだ。

つぎにおみさはその羽根ぼうきの柄をにぎり、羽根の先で籠の上に落ちた毛蚕と刻み桑とを丹念に均《なら》しはじめた。つぎの籠、そのつぎの籠にもおなじことをこころみてゆき、やや毛蚕の多かった籠からは数を減らし、少なかった籠には数を足してその籠をすべて蚕棚に収めることによって、掃き立ては無事終了となった。

ただし、まもなく信松尼は、養蚕とは掃き立てのあとますます忙しくなるものだと思い知らされることになった。

掃き立ては最初の朝桑でもあるので、この日のうちに蚕にはもう二回——昼桑と夜桑とを与える必要があった。だが、たびたび桑を刈り、刻む作業をおこなっていては信松庵での仏事が滞ってしまうから、やはりおみさがいっていたように貯桑することを考えねばならなかった。

つぎの四月二日には、朝桑を与えるときからまたおみさがやってきて、シリアゲ（除《じょ》沙《さ》）と呼ばれる蚕籠の清掃法を教えてくれた。

蚕籠を糸網という名の目の細かい網で覆い、その上に刻み桑を落としてやると、蚕たちは新鮮な桑が食べたいあまり糸網の下から上へ登ってくる。それを待って元の籠に溜まった蚕糞《こくそ》や残桑を捨て、湿気を払う作業がシリアゲである。シリアゲは蚕が脱皮するにつれて回数をふやさねばならないとのことであったが、それから三日後の四月五日の朝、信松尼が期待に胸をふくらませて庫裡から養蚕所をめざしたのは、この日蚕が初眠と呼ばれる一回目の脱皮を迎えるはずだからであった。蚕棚からいくつかの籠を引き出してみると、期待通り蚕たちは頭部を少し持ち上げ気味にしたまま、からだが固まったように動かなくなっていた。

この初眠は五日の一昼夜でおわり、脱皮してほぼ倍の大きさの第二齢となった蚕たちは六日からまた元気に桑を食べはじめた。

九日から十日にかけて、二眠。これも一昼夜でおわって第三齢となり、また倍ほどの大きさに育った蚕たちは、次のように成長していった。十五日ないし十六日から一昼夜の三眠。第四齢となってまた倍の大きさになり、二十一日ないし二十二日から一日半の長さの四眠に入る。

その後、第五齢を迎えた蚕たちは、もはや米粒ほどの小《ち》っぽけな毛蚕ではなく、人の指ほどの長さと太さの芋虫《いもむし》であった。

第二齢以降一度脱皮するごとに倍の大きさになる蚕は、第五齢に入ると元の八倍の姿に成長。並行して食欲も旺盛になる一方だから、第五齢になると桑を刻むことなく、枝のまま籠に載せてやるだけでよい。ただし元の籠には収まり切れなくなった蚕を予備の籠に移してゆく必要があり、その籠は蚕棚からあふれて廊下にもならべねばならなかった。

さわさわと蚕が桑の葉を削り取るように食べてゆくときに立てる音は、養蚕業者しか聞くことのできない不思議な響きでもあった。

信松尼とお付きの者たちが一日に二回も増し桑を与え、シリアゲもする作業の大変さに悲鳴を上げそうになっていると、この日おみさは作男に荷車を曳《ひ》かせてやってきた。荷車には藁束《わらたば》がたっぷり載せられていたので信松尼がまた小首を傾げると、おみさはいった。

「お蚕さまが第五齢になりますと、八日目か九日目にからだが透き通ってまいりまして、このようなお蚕さまをヒキリ（熟蚕《じゅくさん》）と申します。ヒキリを籠に入れたままにしておきますとそれぞれが糸を吐きはじめてしまいますので、前もって一匹一匹を別々の舟のような形の器《うつわ》に入れて、この中で繭を作ってもらいます。藁で編むこの器を簇《まぶし》と申しまして、お蚕さまを簇に移すことを上簇《じょうぞく》といいます。お蚕さまがヒキリになる前に、簇の編み方を覚えておいて下さりませ」

簇を平面ではなく舟形に作るのは、断面が凹の字形を呈する簇の方が蚕としては吐いた糸で上部を塞ぎやすいからである。

ほぼ無数といってもよい蚕の一匹一匹に簇を与えるとは、信松尼には思いもよらないことであった。しかし、どうにか簇作りをおわり、やがてヒキリとなった蚕を手で拾って盆に載せては簇に入れてゆくうちに、

「いい繭になって下さいね」

と信松尼はヒキリのそれぞれに話しかけたくなってきた。どこからか卵のまま運ばれてきてようやく安住の地を与えられたヒキリが、戦乱の甲州から八王子へ逃れて大久保十兵衛から信松庵を提供された自分の似姿のように感じられたからである。

上簇には二日の日数を要したが、三日目に信松尼が本堂の仏壇に向かって読経《どきょう》していると、養蚕所へ行っていたはずの何阿弥が背後の回廊へやってきて、はずんだ声で告げた。

「上簇した蚕が一斉に糸を吐きはじめました。糸がきらきらと輝きましてまことに見物《みもの》で

ございます」

それは是非見なくては。そう思うと信松尼は、すでに督姫が平常の暮らしにもどっていたこともあり、実に久々に胸が高鳴るのを覚えた。

第十章　往く人　来る人

一

信松尼《しんしょうに》に、糸を吐きはじめた蚕《かいこ》がどうなるか、できた繭《まゆ》をどう扱うべきか、という点を丁寧に教えてくれたのも清水おみさであった。

「お蚕さまは、いったん糸を吐きはじめますと二日間不眠不休で繭を作りつづけまして、その作業がおわりますと繭の中で蛹《さなぎ》になります。それからおよそ十日ほどたちますと、その蛹は蛾《が》となり、繭に穴をあけて外へ出てまいりますので繭の一部は損なわれてしまうことに相成ります。するとその繭からは長い糸を繰り取れなくなってしまいますので、蛾は繭から出てくる前に始末してしまわないといけません」

「え、始末と申しますと」

殺すということですか、と庫裡《くり》の一室でおみさから説明を受けていた信松尼が眉をひそめたのは、仏教にいう殺生戒《せっしょうかい》の教えを思い出してしまったからであった。

「はい、蛾には繭の中で死んでいただくのでございますが、庵主《あんじゅ》さま、これはためにする殺生ではなく『世わたりの殺生はお釈迦さまもこれをお許し下さる』ということばに当てはまることと思って下さりませ。繭から生きて生まれた蛾は人に疎《うと》まれながら生きるのに対し、その蛾の化身とも申すべき繭から取れた糸はいずれ美しい絹織物となって人々に愛《め》でられるのでございますから」

信松尼がこくりとうなずくのを待って、おみさはさらに解説をつづけた。

「手順で申しますと、上簇《じょうぞく》から八日ないし十日目に繭掻《まゆか》きといって、簇《まぶし》から繭を掻き取り、まわりの毛羽《けば》をよく取ります。こうすると形は繭玉そのものとなりますが、飾りものの繭玉とこちらとでは用途が違いますので、こちらの繭のことは本繭と申します。集めた本繭はお日さまの光で二日、日射《ひざし》がよくないときは三、四日よく乾かしますと、その間に蛹は命を終えて繭には穴をあけなくなるものなのでございます」

繭をよく乾燥させるために、炉で煎る場合もあった。よく太陽光に当たらなかった繭から取った糸は、色と艶《つや》が劣るのである。

つぎにおこなうのは乾燥繭を煮ることで、これを煮繭《しゃけん》という。これはそれぞれ熱さの違う湯をぬるい湯から熱湯と呼んでよいものまでいくつか鍋に用意しておき、およそ二十分かけて繭にそのそれぞれの中をくぐらせるのだ。この過程で繭にふくまれている蛋白質の一部が溶け出し、糸がほぐれやすくなるので、鍋に入れた数個の繭から引き出した糸を左手でより合わせながら右手でその糸を糸枠に巻き取ってゆく作業が可能になる。

「そうですか。それでは、湯を沸かすためにお鍋や薪《まき》をたんと用意しなければなりませんね。養蚕所の台所の竈《かまど》で数は足りましょうか」

その日も白い頭巾《ずきん》に頭部を隠していた法衣《ほうえ》姿の信松尼に問われ、

「あの、庵主さま」

おみさは逆にたずね返した。

「お蚕さまを飼うことと糸を取ること、その糸を染めて絹織物を織ることは一連の作業であり流れであるように見えるかも知れませんけれど、実はそうではないといえるかも知れません。この養蚕所では、どこまでなさるおつもりでしょうか」

信松尼は、おみさがなぜこのようなことを聞くのか不思議に思いながら答えた。

「あと十日ほどで本繭が取れるのですもの、糸取りや糸の染めから機織《はたお》りまで一通りやってみたいと思いますが、いけませんか」

「さようお考えなのではないかと思っておりましたが、やっぱりですね」

おみさは困ったように首を振り、少しお聞き下さいませ、と前置きして伝えた。

「お蚕さまが第五齢を迎えたときには、みなさま総出で一日に二回も増し桑を与えて、その合間にシリアゲもしなければならないので養蚕所は合戦場のような騒ぎでございました。庵主さまをはじめお女中方も、わたくしどもの下男たちもふくめて寝不足がつづき、疲れが溜まっておいでのようでございますから、繭掻きを始める前にごゆるりとおからだをお休め下さいませ。ただし、繭掻きした本繭をよく乾かしてゆく作業にも五、六人の手は必要でございます。さらに煮繭をもし養蚕所一階の台所にておこないますときは、一度に湯にくぐらせることのできる乾燥繭は高々一升分しかございませんので、重さ六貫《かん》（二二・五キログラム）をすべて湯くぐしするにはお湯と薪がどれだけ要るかはよくわからないほどだということを念頭に入れておいていただきとうございます。問題は、それだけではございません。これらの作業がつつがなくおわったといたしまして、糸取りに取りかかったものと仮りに考えてみて下さりませ。お鍋の中の二、三個の繭から引き出した糸をひとつの糸枠に巻き取ってゆくということは、繭二、三個がすべて巻き取られるまでとは申せ一台の糸車を必要とするということでございますから、十畳間七部屋から三貫七百八十匁《もんめ》（一四・一八キログラム）の糸が取れたとすると、糸車が百台あったとしても巻き取るのに大変な日数がかかってしまいます」

「まあ、このあともそんなに手間がかかるのですか」

信松尼が切れ長の目をまたたかせたのは、蚕が繭を作ってくれさえすれば養蚕はおわりに近づくものと思い、そのあとの工程については深く考えたことがなかったためであった。

しかし、煮繭、糸取り、その糸の染色、機織りと手順を踏むのであれば、養蚕所一階の台所と室内を作業所として用いるだけではとても間に合わない。

信松尼の思い描いていた養蚕から機織りまでの工程すべての取りこみは、いわば家内制手工業の試みであった。家内制手工業として製糸業を興《おこ》すなら、生産者である信松尼が必要な設備や資本を所有していなければならない。おみさは、養蚕所がひとつある程度では養蚕から一気にその方向をめざすのはとても無理だ、と婉曲《えんきょく》に告げたのである。

おみさはその代わりに、耳寄りな話をした。

「それはそれといたしまして、もう少しお聞き下さりませ。わたくしが養蚕をしておりました時分は、本繭をよく乾かしたところでこれを下男下女たちにわたして煮繭作りから糸取りまでをしてもらったものでございました。もちろん取れた糸の量に従って手間賃を払ったものでしたが、近頃は八王子に生糸《きいと》問屋も店びらきしているようでございますから、近在の農家のみなさんに手内職として糸取りをしてもらいましたらさようなお店が生糸を買い取ってくれるのではございませんか。もっともこちらさまで糸をお引き取りになって、別途機織女《はたおりめ》に機織りを頼む、という方法もございますけれど」

「まあ、そういう方法があるのでしたら、当面は養蚕にだけ打ちこんだ方がわらわどもの腕も上がるかも知れませんね」

ということばで信松尼がおみさの意見を受け入れたため、糸取り、染色、機織りははじめるにしても数年あとで、と定められた。

二

ただし、さらに月日が流れるうちに、養蚕で得られる収入だけで信松尼とそのお供たちが食べてゆくのはむずかしい、ということがわかってきた。

その原因は、生糸の値段が下がる一方となり、信松庵の生糸を買ってくれる生糸問屋の示す代価も一本調子に低落したことにあった。

「風が吹けば桶屋がもうかる」

という理屈ではないが、生糸の買い上げ値段が下がりつづけたということは需要が減ったためであり、なぜ需要が減ったかといえば、絹織物を好む諸大名家の多くがほかの出費を余儀なくされ、服飾にかける出費を抑えはじめたためであった。

このような傾向を決定づけた唯一最大の出来事は、天下人《てんかびと》豊臣秀吉《とよとみひでよし》がいよいよ李氏《りし》朝鮮を渡海攻撃するため、諸大名に左のように布令したことであった。

一、東は常陸《ひたち》、南は四国・九州に至るまでの海に面した国々、および北は秋田、西は中国に至る国々は、石高《こくだか》十万石につき大船二艘《そう》ずつを用意これあるべきこと。

一、水手《かこ》(船乗り)は港々の家の間口《まぐち》百間《けん》(一八二メートル)について十人ずつ出させ、その国で造られる大船に乗り組ませるべきこと。

なぜ諸大名に大船を建造させるかといえば、北九州から玄界灘《げんかいなだ》を北へ渡海して釜山《ふざん》に上陸し、あわよくば明国《みんこく》を経て天竺《てんじく》(インド)まで切り取ろう、と途方もないことを考えたためである。当然、間もなく朝鮮渡海軍への参加を命じられることを覚悟した諸大名は、武具甲冑《かっちゅう》の新調、軍用金の確保を重んじるあまり、服飾にかかる費用などは節約に努めはじめた。

さらに朝鮮渡海のための一大軍事基地として九州の北西の肩口肥前名護屋《ひぜんなごや》に大城郭が普請《ふしん》され、天正二十年(一五九二)二月には早くも一応の体裁をととのえた。そして信松尼たちが本繭を集めていた四月に入ると、肥前名護屋城に集結した日本軍の兵力は三十万に到達。同月十三日未明、日の丸の帆を掲げた軍船《いくさぶね》七百余艘に分乗した第一軍の小西行長《こにしゆきなが》勢ほか二万は釜山の海岸台地上にある釜山鎮子城《ふざんちんしじょう》（支城）へ殺到し、一刻（二時間）後には守兵の首一千二百を奪ってこれを落城させていた。

この第一軍と加藤清正《かとうきよまさ》勢を主力とする第二軍の二万三千とが合流し、李氏朝鮮の首都漢城《かんじょう》（ソウル）へ入城したのは五月二日のこと。天正二十年が十二月八日をもって文禄《ぶんろく》と改元されてからも、諸大名はさらに軍用金を捻出する必要に迫られつづけた。そんなことから生糸は安値になってしまい、信松尼が期待したほどの額面には達しなかったのである。

文禄二年（一五九三）四月、文禄の役《えき》と名づけられていた明・朝鮮連合軍との戦いは停戦となったものの、和平条件が折り合わなかったことから慶長《けいちょう》二年（一五九七）一月、日本軍はふたたび朝鮮へ渡海。慶長の役と名づけられたこのいくさは、慶長三年八月に太閤《たいこう》と称していた秀吉が老衰のため六十三歳で死亡するまでつづいていった。

足掛け七年にわたったこの戦乱に諸大名は軍用金の出費がつづき、諸方から大金を借りた家が珍しくなかった。

関白豊臣秀次《とよとみひでつぐ》といえば太閤秀吉の怒りを買って文禄四年（一五九五）七月に自害を命じられた人物だが、秀次がまだ京の聚楽第《じゅらくてい》に住んで贅沢三昧《ぜいたくざんまい》をつくしていたころ、その御宝《ごほう》蔵《ぞう》の黄金に目をつけて借金を申し入れた大小名は三十余名。秀次が貸した額は黄金一千七百五十枚、今日の通貨に換算すると八億七千五百万円に達した。

対して関八州《かんはっしゅう》を領有する最大の大名徳川家康《とくがわいえやす》は、このような窮乏とは、無縁であった。家康は領国が北九州からはあまりに遠く隔たっていたこと、豊臣家五大老《ごたいろう》の筆頭職として内政を見ていたことなどから文禄の役、慶長の役のいずれに際しても朝鮮出兵を命じられず、国力、兵力を温存したまま秀吉の死を見送ることができたのである。

信松尼にとって幸いであったのは、この間の生糸の値段の低迷から経済的に独立したいとの願望は叶《かな》わなかったが、大久保十兵衛《おおくぼじゅうべえ》が徳川家と巧みに交渉して信松庵への付け届けをなおも怠らなかったことであった。

その一方で十兵衛は、八王子の代官頭《だいかんがしら》としてさらに武田家の遺臣たちを採用してくれた。これまでの八王子の在地兵力は小人頭《こびとがしら》十人、同心衆《どうしんしゅう》五百人。これらの者は文禄二年（一五九三）のうちに横山宿《よこやましゅく》に屋敷を与えられたため、その地域は五百人町《ごひゃくにんちょう》と呼ばれるようになった。ところが慶長五年（一六〇〇）、十兵衛はさらに五百人の牢人を採用して十人の小人頭が百人ずつ、計一千人の同心たちを支配することにしたため、五百人町は千人町《せんにんちょう》と名を改めた。いわゆる、

「八王子千人同心」

が成立したのである。

あらたに千人同心に加わった牢人たちに、武田家の遺臣たちが多かったことは、さらに

堂宇を整備して信松庵からのちに信松院と改称した寺の墓地や付近の家屋敷に、武田菱《たけだびし》の紋を飾った墓碑や門が今日なお少なくないことからも裏づけられる。戦国史をあまりよく知らない人が信松院から千人町にかけて散策をこころみたならば、武田菱の家紋の多さに、ここは元は武田家の領地だったのでは、と錯覚してしまうかもしれない。

いわば八王子にあっては、英雄武田信玄《たけだしんげん》の忘れ形見信松尼を守るように、武田家の遺臣たちが初め五百人、つづいてまた五百人と土着していったのである。

さらに十兵衛は、信松庵が整備された時点であらためて信松尼を訪ねてきて申し入れた。

「かつてそれがしは、御料人《ごりょうにん》さまにこう申し上げました。いずれこの土地に建立《こんりゅう》させていただく寺院に庵主さまがおふたりいるわけにもゆきますまいから、督姫《とくひめ》さまが出家あそばされることになりましたときは、それがしがお近くに別の庵《いおり》を建てて差し上げましょう、と。ようやくそのときがまいったようでござる」

十兵衛は横山宿の北側、南北にのびて相模《さがみ》の鎌倉や小田原と川越《かわごえ》とをつなぐ川越街道に面し、浅川《あさかわ》の清流にもほど近い土地に督姫用の草庵を用意しつつあったのだ。

これもまた、信松尼にとってはありがたい話であった。横山宿の北側ならば歩いて訪ねてゆけるから、督姫も心細くはないであろう。

信松尼が督姫に意向をたずねると、

「では十兵衛さまが草庵を建てて下さるのを待って、そちらへ移らせて下さりませ」

と細い声で答えた。

督姫が出来上がった草庵に移っていったのは慶長四年（一五九九）の紅葉の季節のことで、その供をして信松庵を去ったのは志村大膳《しむらだいぜん》、馬場刑部《ばばぎょうぶ》と乳母《めのと》、侍女ふたりの五人であった。

三

慶長五年（一六〇〇）春の養蚕も順調に推移して信松尼をほっとさせたが、この年も生糸の相場は安く抑えられたままであった。

豊臣秀吉の遺児秀頼《ひでより》はまだ八歳の幼児《おさなご》であったから、五大老筆頭の徳川家康が大坂城に入って天下の政務を見ていた。だが、慶長四年（一五九九）のうちに近江佐和山《おうみさわやま》城に引退を強《し》いられていた五奉行筆頭の石田三成《いしだみつなり》が、家康打倒を計画。奥州会津《おうしゅうあいづ》百二十万石の大名上杉景勝《うえすぎかげかつ》とむすんだことから諸大名は徳川派と石田派に分裂し、国内は大戦前夜の雰囲気につつまれて売れるのは武具馬具のみ、となってしまったのだ。

ただし、この年の九月十五日に美濃《みの》の関ヶ原《せきがはら》でおこなわれた大一番は一日にして徳川軍の勝利におわり、つぎの天下は家康のものであることがはっきりした。

これと同時に、八王子の住民たちにはようやくわかったこともあった。家康がにわかに八王子の在地兵力を五百人から一千人へ引き上げたのは、西国に異変が起こり、徳川家を敵視する兵力が小田原、鎌倉方面から川越街道をたどってやってきた場合には、八王子千人同心を防禦《ぼうぎょ》の第一線に立たせるという目算だったのである。

裏を返せば武田信玄を尊敬して止まなかった家康は、かくも武田家遺臣たちの武力に期待するところがあったのだ。

それをよく承知している大久保十兵衛は、相変わらず信松尼と三人の姫君によく尽くした。

横山宿北寄りの草庵に移り住んだ督姫は、信松尼とも相談した結果、やはり髪を下ろして仏門に入ることを決断。十兵衛の紹介で草庵の西北一里、川口の里にある時宗《じしゅう》の法蓮寺《ほうれんじ》で得度し、生弌尼《しょういちに》と名をあらためた。

乳母《めのと》と侍女ふたりは、草庵に残留。志村大膳、馬場刑部のふたりは十兵衛から法蓮寺の東側に家を建ててもらって寺侍《てらざむらい》のような暮らしに入ったが、まもなく志村大膳は生弌尼の許しを得て信州高遠《たかとお》へ帰郷。馬場刑部とその子孫は、家康から寺領十石を与えられた同寺の抱え百姓として生きていった。

武田勝頼と正室北条夫人の間に生まれ、四歳にして両親と死別した貞姫に縁談を持ってきたのも十兵衛であった。

　信松尼四十二歳、貞姫二十四歳の慶長七年（一六〇二）節分過ぎにもたらされたこの縁談の相手は宮原勘五郎義久《みやはらかんごろうよしひさ》という二十六歳の者で、下野国足利郡《しもつけのくにあしかがごおり》の駒場《こまば》村に一千百四十石の知行所《ちぎょうしょ》を与えられているという。

　すでに五十八歳となって髷《まげ》も白髪になった十兵衛は、信松庵へこの話を持ってくると信松尼に得意気に告げた。

「野州《やしゅう》足利の住人にて石高わずかに一千百四十石と申しますと、上さま（家康）から八千石を頂戴いたすそれがしなどより軽き者と思《おぼ》し召《め》されるかも知れませぬが、さにあらず、でござります。宮原家は清和《せいわ》源氏の足利流、すなわち室町幕府をひらきましたる足利尊氏《たかうじ》公の血筋の名門でございましてな。先代の勘五郎義照《よしてる》公が、さる天正十八年（一五九〇）八月、上さまが初めて江戸入りなされましたときにお出迎えの列につらなり、盃をたまわりましたことから徳川家に臣下の礼をとるようになったのでござる。ところがこの先代は、この一月十日に落馬でもいたしたのか、二十七歳の若さと申すに駒場村の采地《さいち》でぽっくりと亡くなってしまい申した。そこで上さまは義照公の弟を勘五郎義久と改名させて宮原家を相続させよと仰せ出《いだ》され、以後の同家の格式は高家《こうけ》とせよ、と御指示あそばされました。

高家とは由緒ある家柄と申す意味合いなれど、上さまにおかせられてはこのことばを職名とみなし、畠山《はたけやま》、織田《おだ》、吉良《きら》といった室町以来の名家をこうお呼びになって朝廷へのお使い番などに使っておいでてござりましてな。宮原家が高家につらなるなら御正室を迎えるであろうと存じて上さまに貞姫さまと香具姫《かぐひめ》さまのことを申し上げましたところ、その貞姫を娶《めあわ》せよ、との上意でござりましたので、かくまかり出でたる次第でござる」

「それは良縁と申すべきでございましょうね」

と信松尼が答えたのは、武田家は甲斐《かい》源氏の嫡流であり、甲斐源氏は清和源氏の流れだから宮原家との縁談は貞姫にとって悪い話ではない、と感じられたためであった。

二十四歳という嫁《ゆ》き遅れの年齢に差しかかっていた貞姫は、この縁談を受けて野州足利へおもむき、まもなく宮原義久との間に右京晴克《うきょうはるかつ》という跡継ぎをもうけた。

『寛政重修諸家譜《かんせいちょうしゅうしょかふ》』巻第七十八、宮原義久の項の最後尾に、

「妻は武田四郎勝頼が女《むすめ》」

とあり、そのせがれ晴克の項の最初に、

「母は勝頼が女」

と堂々と書かれているのは、宮原家が勝頼の忘れ形見の貞姫を迎えることを恥とはせず、むしろ誇りに思ったことを示すのであろう。

この時点で家康が香具姫ではなく貞姫を選択したのは、香具姫の父小山田信茂《おやまだのぶしげ》には裏切者という悪《あ》しき評価がつきまとっていたためかも知れない。

しかし、十兵衛はここでも機転を利かし、徳川家譜代の家臣で上総佐貫《かずささぬき》三万石に封じられている内藤政長《ないとうまさなが》のせがれ忠興《ただおき》に目をつけた。

政長の父家長《いえなが》、弟小一郎《こいちろう》のふたりは、関ヶ原の合戦前夜に石田三成や宇喜多秀家《うきたひでいえ》の大軍が伏見《ふしみ》城に襲いかかったとき、籠城《ろうじょう》戦の果てに父子そろって討死《うちじに》した徳川家の忠臣である。そのような功臣の家を絶やしてはならない、として家康は、徳川四天王のひとり酒井《さかい》忠次《ただつぐ》のせがれで今は下総臼井《しもうさうすい》三万石に封じてある家次《いえつぐ》の娘をまだ十一歳の忠興に嫁がせることに決めていた。それも承知の十兵衛は、ある日また信松庵にやってきて、

「御側室でもよろしければ、香具姫さまにも良縁がござる」

と信松尼にむかって内藤家のことを切り出した。

――内藤家の悩みは嫡男帯刀《たてわき》殿（忠興）の下の男子三人がいずれもひ弱に過ぎ、いつまで生きられるか覚束ないことと、姫君が十二人も生まれたことにあります。帯刀殿が妻女を迎えて男子に恵まれない限り、いずれ婿養子を取ることになりましょうが、それでは討死した父と弟のふたりに申し訳が立たない。そこで婚を約した酒井家の姫君について調べ

ましたところ、側室のひとりを母とするこの姫君とおなじ腹のお子は女ばかり。それでは帯刀殿も姫君にしか恵まれないのではないか、と政長殿が仰せでしたので香具姫さまのことをお伝えいたし、兄上さまもおいでしたから母御前《ははごぜ》は女腹ではござりませぬ、と申しましたところ、かような返事でした。

「お上と酒井家の手前もござるので正室としてはむずかしゅうござるが、側室でよろしければ喜んでお迎えしたい。帯刀より年上におわすことなどお気になさらずにいただきたい」と。

まだ一夫一婦制ではないこの時代にあっては側室も妻のひとりであり、その側室が男子を産めば男子を産まなかった正室より権威が高まる。信松尼も信玄の側室油川《あぶらかわ》夫人を母とする身だから側室ということばにさほどの違和感はなく、この話を率直に香具姫に伝えてみた。

すると香具姫は、嫁ぎたく存じます、と答えた。

ふたたび『寛政重修諸家譜』をひらいて巻第八百六を見ると、内藤忠興の嫡男頼長《よりなが》の項には、

「母は小山田氏」

とあり、次男美興《よしおき》と三男頼直《よりなお》の項にはそろって、

たのである。

「母は上におなじ」

とある。この物語より先の話ながら、香具姫は男子三人を産んで夫の忠輿を子福者《こぶくしゃ》としたのであった。

かつては裾貧乏《すそびんぼう》な性格をあらわにして信松尼を側室にしようと画策した家康は、大久保十兵衛の巧妙な持ちかけ方により、ほかならぬその信松尼の手元で育てられていた武田家ゆかりの姫君たちがあらたな人生に歩み入るのを助ける役をつとめたのである。

四

信松尼は、自分のなすべきことを周辺の人々にあからさまに語ることはなかった。むしろ心ひそかに決意したことを、長い歳月がかかっても何とかやりとげよう、とする性分であった。

ちょうど二十年前の天正十年（一五八二）二月末、落城前夜の韮崎《にらさき》の新府《しんぷ》城を脱出。笹子峠《ささごとうげ》を越えて逃避行をつづけ、四月中に上恩方《かみおんがた》の金照庵《きんしょうあん》へたどりつくことができたのも、その臈《ろう》たけた面差《おもざし》の奥にひそむ意志の強さゆえのことであった。決して丈夫とはいえないからだなのに、それから今日まで仏道修行に打ちこむことができたのも、

（武田一族の菩提《ぼだい》を弔うことのできるのは、もうわたくししかいなくなってしまった。そのわたくしが途中で倒れたら、お預かりした三人の姫君たちが路頭に迷ってしまう）

との思いからくる切迫感が信松尼を支えつづけていたためであった。

その信松尼がよく風邪を引いて発熱するようになったのは、また年があらたまった慶長八年（一六〇三）春先からのことであった。

喉が痛んで食事を摂《と》りにくいと感じるうちに熱が出るので、勤行《ごんぎょう》をおえると褥《しとね》に身を横たえて過ごす。二、三日すると治るのに三、四日後にはおなじ症状がぶり返す、ということが一ヵ月以上にわたってくり返され、さすがに心配した大久保十兵衛は江戸から医者をつれてきてくれた。

その医者は、ややややつれて臥《ふ》せっていた信松尼に和中散《わちゅうさん》という風邪薬を処方してくれたが、このころになると信松尼はなぜ自分が時々熱を出すのか薄々わかっていた。督姫が出家し、貞姫と香具姫が嫁いだことが信松尼をほっとさせ、気持の張りを失わせたのである。

しかし、このような事態から引きこんだ風邪はいずれ治る。信松尼もまた養蚕の季節が近づき、蚕具《さんぐ》の手入れをはじめたころから次第に頰がふっくらとして血色もよくなってきた。

この年の養蚕は上々の成果を挙げることができたし、信松尼はこのところ煮繭や糸取りをしてくれる家に事欠かないようになっていた。

それには、八王子千人同心の存在が大きかった。

信松庵の西側、追分《おいわけ》からわかれる陣馬《じんば》街道と甲州街道の間に成立した千人町にあって、同心たちはそれぞれが四十ないし五十坪の家を与えられていた。屋根は、二本一組の斜材で茅葺《かやぶ》きの屋根を支える扠首《さす》組み。平屋造りの屋内は表通りに面して土間がひろがり、その奥に田の字形に四室を設けている。建坪は三十五坪ほどあって若夫婦には充分なひろさであることから、煮繭や糸取りをおこなって手間賃を稼ごうという者たちがふえ、信松庵の養蚕所に足繁く出入りするようになったのだ。

しかも、信松尼にとってまことに意外だったのは、

「御新造《ごしんぞ》さん」

と呼ばれる千人同心の妻女たちのうちには糸を染めるのに巧みな者がおり、

「糸取りをさせていただきますので、その糸を染めるところまでやらせて下さいませんか」

とそのひとりが申し入れてきたことであった。

糸を染めるには、どうすればいいのか。それについては信松尼は、まったく学んだことがなかった。

それに信松尼はまだ新館《にいたち》御料人といわれていた十一歳のときに母、十三歳のときに父を失って以来、口数が少なくなって髪はいずれ出家することを前提とするそぎ尼《あま》という形にし、若後家のような地味な衣装しかまとわなくなった。実際に尼僧となってからの二十一年間は白い肌着に黒か藤色の法衣《ほうえ》と袈裟《けさ》を着用するぐらいで華やかな色合いに染色した衣装とは縁がなかったから、この方面についてはまったく疎《うと》いままだったのである。

信松尼がお梅《うめ》と名乗った若女房に正直にその旨《むね》を伝えると、自分は府中《ふちゅう》の染物職人の娘として生まれたので心得がある、とつましい木綿ものをまとって赤い前掛《まえかけ》をしているお梅はいった。

「よろしければ染め色のことをお伝えいたしますので、庵主さまのお好みの色をおっしゃっていただければその色に染めることもできるかと存じます」

自分が糸の色を決めることができるというのは、信松尼にとっては驚きであった。

「それでは、どのような色合いに染めることができるのか、ちょっと教えていただきましょうか」

といって信松尼がお梅を庫裡《くり》の一室に請《しょう》じ入れたのは、この若女房がおっとりとした目鼻立ちをしていて、何とか小金を稼ぎたい、などという気持の持ち主とは感じられなかったためでもあった。

「お邪魔させていただきます」

と会釈してその一室の下座《しもざ》に通ったお梅は、赤い前掛を外して正座すると、そろえた膝の上でその前掛をきちんと畳みながら口をひらいた。

「この赤は茜色《あかね》と申しまして、茜草《あかねぐさ》の根を煎じて染めてみました。たしか御武家さまの緋縅《ひおどし》の鎧《よろい》も茜草で染めると聞いたことがございます。紫染めはさらにむずかしい染め方に相成りますが、染めていると次第に引きこまれる色でもございまして」

「まあ、どういうところに引きこまれるのでしょう」

上座に端座して小首を傾《かし》げた信松尼に、目に輝きのあるお梅は楽しそうに答えた。

「はい。紫は紫草《むらさきぐさ》の根から染め出す色ですので、この染めようのことは紫根《しこん》染めとも申します。紫色をしっかりと生糸に留《と》めるには、椿《つばき》の枝や葉を火に焼いて灰を取り、それを水に溶いた灰汁《あく》を媒染《ばいせん》に用いるのでございますが、灰汁が薄ければ赤紫、濃ければ青紫になりますし、紫根の液を何度も染め重ねてゆきますとこっくりとした風合《ふうあい》の濃紫《こむらさき》に相成ります。それに紫根液を熱してから糸を浸しますと滅紫《けしむらさき》と申しまして、紫が鈍色《にびいろ》に変じたような、はかなげな色合いに変わります。このように紫は千変万化する色なのでわたくしなどはつい引きこまれてしまうのでございますが、少々口数が多くなりすぎて失礼いたしました。ほかに栃《とち》の木、梅、桜、蓬《よもぎ》などからは鼠色が染め出せますし、梔子《くちなし》の実を煎じますと黄金色《こがね》に近い黄色の糸が染め上がります。よろしければ、少し試し染めをさせていただいてそれを御覧いただく、ということでいかがでございましょうか」

赤紫、青紫、鼠色、黄金色。さまざまな色合いを思い浮かべ、実際にお梅が染めたという茜色の前掛を見ているうちに、信松尼は心が華やいだように感じた。

それに考えてみれば、糸を思い通りに染めることができるなら好みの色の絹織物も織れるようになるのである。

これこそ養蚕が最終の目的とするところだと考えると、信松尼はお梅が訪ねてきてくれたことが奇縁にさえ思われた。

「そうですね」

といって、信松尼はにこやかにつづけた。

「それでは今度糸取りをお願いするときには、その糸を使って試し染めをしていただきましょう。ついでがありましたら、糸屋さんにどんな色の糸に人気があるかも聞いてみたらいかがでしょう」

五

ところが、まもなく信松庵に顔を出したのはお梅でも清水おみさでもなかった。武田家の遺臣のひとりで、今は江戸城のうちにいる信松尼の腹違いの姉見性院《けんしょういん》に仕える野崎太《のざきた》左衛門《ざえもん》という初老の侍であった。

「見性院さまのおことばをお伝えいたすためにまかり越しましてござる。御料人さまにおかせられましては、おすこやかのようで何よりでござります」

信松尼に向かって深々と頭を下げたぶっさき羽織《ばおり》にたっつけ袴《ばかま》姿の野崎太左衛門が切り出したのは、亡きお都摩《つま》の局《つぼね》の産んだ家康の五男、武田七郎信吉《たけだしちろうのぶよし》のことであった。

家康は天正十八年（一五九〇）八月に江戸入りすると、まだ八歳の信吉を下総小金《しもうさこがね》に封じて三万石の大名とした。その二年後、文禄元年（一五九二）に下総佐倉《さくら》四万石への転封《てんぽう》を命じられた信吉は、昨慶長七年（一六〇二）十一月にはさらに十一万石を加増され、常陸水戸《ひたちみと》十五万石の藩主となっていた。

家康はこの慶長八年（一六〇三）二月をもって征夷大将軍《せいいたいしょうぐん》に任じられ、江戸幕府をひらいて名実ともに天下人となった。並行して家康は、五人のせがれたちを左のような大藩に封じて徳川家の親藩《しんぱん》を創設させていた。

次男結城秀康《ゆうきひでやす》は、慶長五年（一六〇〇）十一月から越前北ノ庄《えちぜんきたのしょう》六十八万石。

四男松平忠吉《まつだいらただよし》は、同年十月より尾張清須《おわりきよす》五十二万石。

六男松平忠輝《ただてる》は、慶長八年（一六〇三）二月から信州川中島《かわなかじま》十四万石。

九男徳川義直《よしなお》は、同年一月より甲州二十五万石。

武田信吉を常陸水戸十五万石という大藩のあるじに指名したことも、国内の要所には親藩を配置するという大方針の一環であった。

そう聞いて、

「ほんに七郎信吉さまも御立派になられて」

と応じた信松尼は、わが身代わりとして家康のもとへ出向き、はかなく世を去ってしまったお都摩やその後行方《ゆくえ》が知れなくなったその夫油川彦八郎《あぶらかわひこはちろう》のことを思い出して胸が痛むのを覚えた。

しかし、野崎太左衛門が見性院に命じられて信松尼を訪ねてきたのは、武田家を再興した形になっている信吉の出世をともに祝おうとしてのことではなかった。

「実は、七郎信吉さまにおかせられては、水戸へお移りになってまもなくおからだを損なわれました。側近の者も侍医たちも、初めは水戸の水が合わなかったか、などと軽く考えておったとのことでございますが、御病状は日増しに思わしからざるものになりつつあるとのことでございます。されば見性院さまにおかせられては、御料人さまにもこのことをお伝えしておかねば、と思《おぼ》し召《め》されましてそれがしに使いを命じた次第でございます」

ようやく用件を打ちあけた太左衛門の筋張《すじば》った顔つきは、通夜《つや》の客のように沈んでいた。その表情の暗さといい、見性院がわざわざ使者をよこしたことといい、武田信吉が命を細らせつつあることは充分に察せられる。

信松尼は、その日夕刻の勤行から、信吉さまを今少し生きながらえさせたまえ、と仏に祈りつづけた。

しかし、結果としてこの祈りはむなしかった。この年の九月十一日、信吉は薬石効《やくせきこう》なく息を引き取ってしまったのである。

享年わずかに二十一。法名《ほうみょう》を浄鑑院殿英誉崇岩大居士《じょうかんいんでんえいよすうがんだいこじ》と定められたその遺体は、院殿号から浄鑑院と名づけられた水戸の寺院に葬られた。

これは、二重の意味で不幸な出来事であった。

まず徳川家からすると、信吉は若狭小浜《わかさおばま》の元城主だった木下勝俊《きのしたかつとし》の娘を正室に迎えていたが、この夫婦に子はなかったため、せっかく創出した親藩としての武田家を心ならずも断絶させねばならなくなってしまった。その結果、水戸藩を相続することになったのは、まだ二歳の家康の十男頼宣《よりのぶ》であった。

また甲州武田家の血筋の見性院・信松尼姉妹から見た場合は、信吉によってようやく再興なった武田家がふたたび滅びてしまったわけである。

その後およそ半月の間、信松尼が信吉の死を知らずに過ごしたのは、このところ大久保十兵衛が八王子に姿を見せなくなっていたためであった。

慶長六年（一六〇一）から甲斐《かい》奉行、石見《いわみ》銀山奉行、岐阜《ぎふ》の代官などを歴任した十兵衛は、この慶長八年（一六〇三）二月には川中島藩松平忠輝家の筆頭家老に就任。まだわずか十二歳で藩政など見られない忠輝に代わり、自分の配下の有能な士を藩士に登用して要衝の地に配するなど多忙を極めた。ほかにも十兵衛は従五位下《じゅごいげ》に叙されて石見守の受領名《ずりょうめい》を受け、大久保石見守長安《ながやす》と呼ばれるようになったかと思えば忠輝の本城とされた海津城《かいづ》（のちの松代城《まつしろ》）へおもむいて藩政を総覧する必要もあったため、信松庵へ顔を出す暇がなくなってしまったのである。

信松尼に武田信吉の死を伝えたのは、十月にふたたび江戸からやってきた野崎太左衛門であった。

信松尼にとって武田家が再度滅んでしまったことは口惜《くちお》しかったが、武田信吉には一度も会ったことがなかったからか、取り乱すことなく訃報を受け止めることができた。

「それで、近頃の見性院さまはどのような御様子でいらっしゃいますか」

とその信松尼が太左衛門にたずねたのは、自分よりも見性院の方が気落ちしているに違いない、と思ったからである。

「はい、持病などはおありではございませぬのでその点は御案じ下さらずともよろしいかと存じますが、やはり再興なった武田家がまた断絶いたしたことには気落ちなさったようで、めっきり口数が少なくなられたようにお見受けいたしております」

太左衛門の答えを聞くうちに信松尼がゆくりなく思い出したのは、もはや十二年も前のことになってしまった天正十九年（一五九一）の晩秋、大久保十兵衛が届けてくれた見性院の書状の一節であった。

見性院は、徳川家では下山殿《しもやまどの》と呼ばれていたお都摩の死についてつぎのように報じてくれたものであった。

「さはあれど月は満つれば欠くる定めにて、下総武田家のおふくろさまたりし下山殿は本年十月六日、小金城の奥殿に失《う》せたまいしにより、御城下の本土寺《ほんどじ》を菩提寺と定められて、妙真院殿日上《みょうしんいんでんにちじょう》とお名を変えたまいしとかや。……」

美しい筆跡で文《ふみ》を書くことのできる見性院が、書状を認《したた》めるのではなく野崎太左衛門を二度までも八王子まで旅させることによって病没におわった信吉の最期を伝えさせたのは、筆を取る気力も失せた、ということを意味するのではないか。

信松尼はすでに五十八歳か五十九歳になったはずの見性院の胸中を思うと気の毒で堪《たま》らなくなり、太左衛門にたずねた。

「御覧のようにこちらは大久保石見守さまの御助力もあって、ともに甲州からこの地へ逃れてきた者たちが何とか生計《たつき》を立てることができるようになったところでございます。短い間ならばわらわが留守をしてもよろしいでしょうから、一度見性院さまをお見舞いいたしたく存じます。野崎さま、江戸へおもどりの節、わらわが一緒では御迷惑でしょうか」

「と、とんでもないことでござります」

太左衛門が驚きかつ慌てて首を横に振ったので、話は決まった。

六

何阿弥《なにあみ》と武芸の心得のある男装の侍女ひとりをつれた信松尼が、野崎太左衛門に案内されてまだ普請中の四谷門《よつやもん》をくぐり、江戸城の北東の肩口にある田安門《たやすもん》から北の丸へ入ったのはそれから三日目の夕刻のことであった。見性院は、家康から知行《ちぎょう》六百石と田安門内にあって「比丘尼《びくに》屋敷」と呼ばれる居館とを提供されているのだという。

比丘尼屋敷に入った信松尼は一室を借りていつもの法衣姿にもどり、出会いの間に通されて見性院との対面を果たすことができた。

「まあ、お松は可愛らしい尼さんになって」

入室したとたんに涙ぐんで信松尼の前に座りこんでしまった見性院は、自分も頭巾と法衣の尼僧姿に変わってひさしいことも忘れたようにいって、その手に自分の掌《たなごころ》を重ねた。

信松尼は、自分が「可愛らしい尼さん」と呼ばれることがあるとは思ったこともなかった。だが十五、六歳年上の見性院から見れば、その昔「お松や」と呼び掛けていた松姫こと信松尼はいつになっても年の離れた妹に過ぎないらしかった。

見性院は大久保長安の口から信松尼の暮らし向きについては詳しく伝えられていたが、信松尼が韮崎の新府城からどこをどのように通って八王子への逃避行に成功したのか、という点までは知ってはいなかった。

「はい、お話しいたしますときりがなくなってしまうかも知れませんが、わたくしは兄上五郎さま(仁科盛信《にしなもりのぶ》)のお招きで信州高遠《たかとお》城の南郭《みなみぐるわ》にお邪魔しておりますうちに、織田家の軍勢が木曾谷《きそだに》を越えて信州に攻め入ろうとしていると知らされたのでございました」

すでに高遠の城を枕に討死する肚《はら》を固めていた仁科盛信から三歳の督姫を託されて新府城へもどったこと、その新府城では勝頼から四歳の貞姫、家老小山田信茂の夫人からはや

は り四歳の香具姫をつれて逃れてほしいと頼まれ、無下《むげ》に断ることもできずに引き受けて新府城から脱出したことなどを伝えると、

「まあ、さようなこともあったのですか。それでその姫君たちお三方《さんかた》はどのようになりましたの」

と、老いてやや皺《しわ》んだ顔立ちになっている見性院は驚いたように聞いてきた。

(大久保さまは、姫君三人のこともお伝えしていなかったのかしら)

と感じて信松尼は一瞬怪訝《けげん》に思ったが、よく考えてみるとそこには大久保長安の深慮が働いているようでもあった。

武田勝頼・仁科盛信兄弟の娘ふたりと、勝頼の家老だった小山田信茂の娘ひとり——あわせて三人の武田家ゆかりの姫君が武州八王子に移り住んでいる、と大久保長安が見性院に耳打ちしたりしたらどうなったか。

時々比丘尼屋敷の様子を見にくる徳川家の役人が息のかかった見性院の使用人からこの話を聞き出し、家康に御注進することも大いにあり得る。すると信玄を尊敬している家康は督姫と貞姫を手に入れ、おのれのせがれたちに嫁がせることによって武田家の血を徳川家に入れようとしたに違いない。

ただし、もしそうなったときは織田・徳川連合軍の追跡を振り切って御所水《ごしょみず》の里へ潜ん

だ信松尼の苦労は水の泡と化し、督姫と貞姫は敵の虜《とりこ》とされた形になるから、信松尼としては勝頼・盛信というふたりの兄に申し訳が立たなくなってしまう。

大久保長安はそこまで考えた上で、旧主の血筋である見性院に対しても姫君三人については何も報じないことにしたのではないか、と信松尼は思った。

しかし、三人はすでに第二の人生に歩み入っているのだから、もはや見性院にそのことを伝えても差しつかえはない。

「はい。四郎さまの忘れ形見の貞姫さまは、足利家の血筋の宮原勘五郎さまの御正室となっておいでです。五郎さまのお子の督姫さまはわたくし同様に仏弟子として生きてゆきたいとのお志《こころざし》でございましたので、今はわたくしの庵からちょっと離れましたところに建てた別の庵にお住みいただいております。出家なさってからは、生弌尼と称していらっしゃいまして」

その生弌尼がからだの弱い生まれつきであることにはあえて触れず、信松尼は最後に小山田信茂を父とする香具姫が上総佐貫藩主内藤政長の世子《せいし》忠興の側室に迎えられたことを伝えた。

「まあ、さようでしたか。すると武田家の嫡流は信吉さまで絶えてしまったとは申せ、四郎さまの血筋は宮原家に受け継がれようとしているのですね。ほんにうれしいこと、

——」

白い手巾《しゅきん》で目頭《めがしら》を押さえた見性院は、鼻声になってまたいった。

「それにしてもそなたは、四郎さまの滅亡に一役買った小山田家の姫までお助けしていたのですね」

「はい、小山田家の奥方にお願いされたものですから」

「いえ、それでよろしかったのですよ。貞姫さまと督姫さまは落ちゆく旅におつれしても、小山田家の姫は小山田家の裏切りを知った時点で切り離してしまう。もしもそういう風なことをなさっていたら決していい気持にはなれなかったでしょうし、『窮鳥懐《きゅうちょうふところ》に入れば猟師もこれを殺さず』とも申します。そなたは、あの火急の折に、よくぞお三方を助けて下さいました。四郎さまと五郎さまに代わって、わらわから深くおん礼を申し上げとうございます」

見性院は信玄《しんげん》の次女であり、長女梅姫《うめひめ》は北条氏政《ほうじょううじまさ》の正室に迎えられたものの離縁され、早く病死してしまった。そのため見性院は武田家生き残りの女たちの内の最年長者として、信松尼に深甚《しんじん》なる謝意を表したのであった。

「何をおっしゃいます。どうぞ面《おもて》を上げて下さりませ」

と腰を浮かしながらも、信松尼はこの瞬間に三人の姫君を何とか育てきったことが報われたように感じ、みずからも涙声になるのを抑えられなかった。

七

信松尼はこのとき見性院から、

「わらわはもう足が弱ってしまいましたけれど、そなたはまだお若いのですから年に一、二度は顔を見せに来ておくれ」

と乞われ、

「はい、きっと」

と約束して八王子へもどっていった。

その帰りを待っていたかのように信松庵を訪ねてきたのは、府中の染物職人の娘として生まれ、八王子千人同心のひとりに嫁いできたお梅であった。

「春先に糸取りをさせていただきました梅でございます。実家《さと》で不幸がございまして、しばらく府中へ帰っていたためこちらへおうかがいすることができなくなってしまって申し訳ございませんでした」

この日もつましい木綿ものをまとってやってきたお梅は律儀《りちぎ》に挨拶し、背負っていた葛籠《つづら》を示しながらつづけた。

「以前、庵主さまに『よろしければ、少し試し染めをさせていただいてそれを御覧いただく、ということでいかがでございましょうか』と申し上げたことがあったかと存じますが、お預かりした糸を試し染めしたものを持参いたしましたので、御覧になってはいただけませんでしょうか」

お梅は染色の話になると多弁だが、信松尼を高貴な女性とみなしているのできわめて丁寧なことば遣いをする。

「まあ、それはお手数をお掛けしました。早速拝見いたしますけれど、明るい部屋の方がよろしゅうございますね」

信松尼はにこやかに答え、写経の際に文机《ふづくえ》代わりに用いる付書院《つけしょいん》のある部屋へとお梅を案内した。廊下との境の障子に向けて造られた付書院でも明るさが足らなければ、廊下へ出て日の光の下で色合いを見ることができる。

「それでは失礼させていただきます」

と髪を背後で玉結びにしているお梅は、またひとつ頭を下げて信松庵の土間に身を入れた。

そのお梅の希望で葛籠のひらかれることになった場所は、中庭に面した廊下の一角であった。

「思い通りに色を出せなかったものもありまして、お恥ずかしい限りでございますが」

と断って葛籠の上蓋《うわぶた》をあけたお梅は、ひとつひとつ白い紙に包まれている糸の束をその上蓋を台にして並べていった。

そして次々に包みをひらきながら、生き生きとした声で説明しはじめた。

「はい、これは実家の梅林に育ちました紅梅の枝を釜で煮出したものでございますので、梅染めとでも申しましょうか」

信松尼の目に映ったその糸は、乙女《おとめ》が紅《べに》として唇にちょんと差すことを好む珊瑚《さんご》色をしていた。

「初めに枝を煮出しましたときに煮上がった液は深い茶色でございましたが、なぜか日の光を通すような感じがいたしました。これに糸を浸《つ》けてみましたところ、やや青みの帯びた珊瑚色に染まりました。そこで、梅の枝の残りを焼いて作った灰汁《あく》に浸けますと、その青みが消える代わりに赤みが差してかような色合いに変わったのでございます。昔から染物職人の間では梅を染めるのは梅の灰汁という文句がある、というのが実家の父の口癖でございますが、この糸の色合いの変わりようには染めているこちらが胸を打たれるような思いでございました」

「ほんに綺麗な色合いですけど」

と信松尼に褒められてはにかんだお梅は、つぎに茜草の根を煎じて染めた赤い糸、紫根染めの赤紫、青紫、濃紫、滅紫の糸、梔子の実を煎じて染めたという黄金色に近い黄色の糸などを見せてくれた。

絹糸に特有の艶と輝きを帯びたこれらの糸の束を手に取って見つめるうちに、信松尼が思い出したのは「桜花《おうか》」であった。武田家滅亡前夜、信州高遠城に滞在中に仁科盛信夫人からゆずられたこの美しい小袖《こそで》は、今では庫裡《くり》の一室に置かれた簞笥《たんす》の中で長い眠りについている。

「あの、桜は染色に使えないものですか」

と信松尼がたずねたとき、まろやかな顔立ちをしているお梅は小首を傾げるようにして答えた。

「いいえ、使えないことはございませんが、桜につきましては父にもわたくしにもよくわからないことがございまして、庵主さまにお教えを乞いたいほどでございます」

「それは、どのようなことですの」

と信松尼が切れ長な目をまたたかせると、

「これも実家の庭に生えていた山桜の話でございまして」

と、お梅はいった。

「あれは四年前の二月のことでございました。大雨と暴風が二日つづきましたとき、その山桜はわたくしの腰ぐらいの高さからぽきりと折れてしまいました。父はこうなったらよく干して薪にするしかないと申しましたが、わたくしは先ほど申し上げた梅の枝のことを思い出しまして、その山桜の枝も釜で煮出して灰汁で染めてみました。するとまだ花の咲く季節ではなかったと申しますのに、糸が淡い桜色に染まったのでございます。梅の枝が珊瑚色に染まるなら桜の枝が桜色に染まるのは当たり前か、とも思いましたが、どうもそうではないようでございました。その年は秋にも大雨と暴風が襲ってまいりまして、実家の庭に立っていたもう一本の山桜を吹き倒してしまいました。わたくしはその枝を煮出せばまた桜色の糸を染められる、と思いこんで染めに取りかかったのでございますが、まったく思い通りにはならず、糸は変に汚く染まってしまっただけにおわりました」

「それは残念でしたね」

と応じた信松尼にこくりとうなずいて、お梅はつづけた。

「そこでわたくしは、なぜ桜色に染まらないのか合点《がてん》がゆかず思い悩みますうちに、子供の時分に遊びでしてみたことを思い出しておりました。それは柿の種を庖丁《ほうちょう》で縦にうまく割れるかどうかを競う遊びでございましたが、きれいに縦に割れた柿の種をよく見ますと、灰色の果肉の中にすでに双葉《ふたば》の形をした緑色の芽がひっそりと眠っていたものでございます。ということは、柿の種を播《ま》いて芽吹かせるとはすでに種の中に眠っている芽を土の力で外に出してやるということなのではございませんでしょうか。そして、この柿の種の中に眠る双葉を桜が花ひらく用意をして枝の先につけた芽になぞらえますと、二月に山桜の枝で染めた糸が淡い桜色に染まったのは、まだ花ひらかずとも枝の芽や樹液の中にすでにその桜色の源になる何かが溜まっていたからではないか、という気がしてまいりました。こう考えますと、秋に煮出した山桜の枝でいくら染めても桜色にならなかった訳もわかったように感じられました。桜の花が散ったときに、桜色の源になる何かも山桜の内から失われてしまった。そのため、秋の桜の枝はいくら煮出しても糸を桜色には染めてはくれなかった――わたくしはかように思ったような次第でございますが、庵主《あんじゅ》さまはいかが思《おぼ》し召《め》されましょう」

「わらわは染色のことはまったく存じませんけれど、今のお話にはまことに感じ入りました。わらわが今も修行しております御仏《みほとけ》の道では、この世の生きとし生けるものには法《ほっ》性《しょう》があり、この法性は天地《あめつち》、日月《じつげつ》、海や川にもそなわっていると考えます。法性は、実《じっ》相《そう》、真如《しんにょ》といったことばで説かれることもございます」

ちょっと難しい話になったと思ったのか、お梅は正座してそろえた膝をもじもじさせた。

「すぐおわりますから、もう少し聞いて下さいね」

と信松尼はほほえみ、即席の法話をつづけた。

「つまり法性は森羅万象《しんらばんしょう》にそなわっていて、その法性が永久《とわ》に不変だからこそ森羅万象も不変なのだ、と考えるのですね。人の命にしても、輪廻転生《りんねてんしょう》と申しまして何度も生まれ変わって生きてゆくのだ、という教えに従って考えれば不滅となりますけれど、ひとりひとりについて見るならば生老病死《しょうろうびょうし》という四つの階《きざはし》を通って西方浄土《さいほうじょうど》へ旅立つことに相成ります。その間に人のからだは初めは小さかったものが次第に大きくなり、気力充実した時を迎えますが、老いればそのからだもしぼんでゆくもの。何かを学ぶのなら気力充実した年齢のうちにはじめるべきだ、とよくいわれるのもそのためでございますが、お話をうかがっておりますと、桜の木にいたしましても開花にむかって充実している季節と、花を咲かせおわって衰える季節を交互に迎えることがよくわかりました。そのような季節から季節へと移ろいながらもまた花をつける、というのが桜にとっての四季の循環なのですね。味わい深いお話を聞かせていただきました」

信松尼が頭を下げると、お梅も慌てて両手を突いた。

ただし、お梅の用件はまだおわっていなかった。試し染めした糸を持参したからには、これとこれ、と本格的に染める色を指定してもらわないとつぎに進めない。

「あの、どの色がお気に召していただけたでしょうか。申し遅れましたが、糸屋さんで女客に人気のあるのは茜色や紫染めだそうでございます。もっとも年をとると鼠色や茶色を好むようになるらしゅうございまして、実家の父などはそういった色合いの織物ばかりわたくしに織らせようとするので困ってしまいます」

お梅にそうたずねられたとき、おや、と思って信松尼は問い返した。

「そもじは機織《はたお》りもなさるのですか」

「はい、死んだ母が機を織りましたので、少々手ほどきを受けました。こちらへ嫁いでまいりましたときにはその機を持参したのでございますが、置く部屋がありませんので物置き小屋に置いて、今はそこで少しずつ織っております」

「まあ、そうでしたか。わらわはまた、糸を染める人と機を織る人は別なのかと思っておりました。よかったら一度、機を織っているところを見せて下さいな」

「むさくるしい物置き小屋でよろしければ、いつでもお運び下さりませ。糸は今日のような形で御覧いただきましたときと織りはじめてからでは風合いが変わりますので、織物を御覧になってから糸の色をお決めになる方がよろしいかも知れません」

とんとん拍子に話は進み、信松尼は二日後の未《ひつじ》の刻《こく》（午後二時）にお梅の婚家を訪ねることになった。

機織り機はどのような形であれ、つぎの三つの動作が基本となる。

一、開口《かいこう》　これは機の上に縦に張られた経糸《たていと》の列を二群に分け、その経糸に緯糸《よこいと》を通すための杼口《ひぐち》といわれる通路を作ること。織り手が機に上体を向けて台座に腰掛け、左右の足で引き具を引くか踏み木を交互に踏むかすると、それとつながっている二枚の綜絖《そうこう》という木枠が交互に上下し、そこに通されていた経糸の奇数番目、偶数番目を交互に上下させて杼口を作る。

二、緯入《よこい》れ　樫《かし》の木または桜の木で造られた舟形の杼に緯糸を巻きつけておき、その杼を杼口の一方から他方へ投げ通す杼投《ひな》げを繰り返すことによって経糸に緯糸を織りこんでゆく。

三、緯打《よこう》ち　緯入れによって経糸と緯糸の上下の関係は決められたが、まだ緯糸は所定の位置にはない。そこで櫛《くし》から発達した筬《おさ》を緯入れ一回ごとに前後に往復させることにより、緯糸を所定の位置に押しこむ。

「汚いところでお恥ずかしゅうございます」

とお梅が頬を赤らめながら信松尼に見せてくれた機は、地機《じばた》といって畳の上に置いた一畳半ほどの広さの矩形《くけい》の框《かまち》に取りつけたものであった。

「これは、こう使います。ちょっとはしたない格好をお見せいたしますが」

と断ってその框に腰掛けたお梅は、シマキと呼ばれる板状の腰当てを腰に取りつけ、上体を前後に動かしてみせた。その地機には途中まで織られた茜色の織物が手前の低い斜面となっていたが、お梅が上体を少しそらし気味にすると、シマキとつながっていた経糸がぴんと張るのがよくわかった。

お梅が「はしたない格好」といったのは、シマキで経糸の張りを調節するこの機においては、織り手が小袖の裾《すそ》から覗《のぞ》かせた足首にマネキという名の紐《ひも》の輪を通し、その足首を引くことによって開口をおこなうためであった。

「今、手掛けておりますのは茜色一色の織物でございますが、緯糸を少しずつ淡い色合いの糸に変えてゆきますと、段々ぼかしの織物に相成ります。紺の糸で小袖の裾の方を織りまして次第に浅葱《あさぎ》色にぼかしてゆき、襟《えり》から背にかけてを白い緯糸で織りますと雪の降り積んだ高い山とその裾野にある湖水を思わせる一領が出来上がる、と聞いたことがございますが、なかなかそこまで試す暇は見つけられずにおりまして」

と、お梅は杼投げと緯打ちを器用に繰り返しては足首を引きながらいった。

そのとき信松尼の脳裡《のうり》に忽然《こつぜん》と甦《よみがえ》ったのは、高遠城から新府城へもどる前、仁科盛信夫人が衣装部屋の衣桁《いこう》に掛けて見せてくれた「桜花」以外の二領の小袖とそのみごとな彩りであった。

「残雪《ざんせつ》」と名づけられた一領は襟から袖にかけて白い緯糸を多く用い、裾に近づくにつれて樹木や岩肌を連想させる茶色や青のぼかしが濃くなることから、高遠城から望むことのできる木曾山脈（中央アルプス）か赤石山脈《あかいし》（南アルプス）の雪を表現したものであろうと思われた。

「夕陽《せきよう》」の方は襟から袖口にかけて青い緯糸を多用し、裾に近づくにつれて臙脂《えんじ》色、紅色、茜色、黄色などの緯糸によって夕焼のひろがった空を織り出していた。

もう一領の「桜花」は信松庵の簞笥の中で眠ってはいても、法衣と袈裟しかまとうことのない信松尼にとってはもはや衣装ではなく、いつも五郎さまと呼んでいた信盛とその夫人を思い出すためのよすがでしかない。

「残雪」と「夕陽」に至ってはもはや伝説となった観のある高遠合戦の際に焼失したであろうから、考えてみるとこの二領の小袖の美しさを知っているのは、もはや信松尼しかいないのであった。

（形あるものは、いずれその形を失う定めだけれど、機を織ることができるなら「残雪」と「夕陽」を甦らせることもできるかも知れない）

不意に信松尼を襲ったこの思いは、発想した信松尼自身を驚かせ、かつその胸を高鳴らせるに足るものであった。

「お梅さん」

信松尼は一歩機に近づき、口調を改めて頼みごとをした。

「この機の織り方を教えて下さったらうれしいのですけれど」

第十一章　祈る女

一

その後も大久保十兵衛《おおくぼじゅうべえ》あらため石見守長安《いわみのかみながやす》は、石見銀山奉行と佐渡《さど》の金山奉行を兼ねるなどして多忙を極めた。おのずと八王子陣屋に姿を見せることもなくなっていたが、それは長安が信松尼《しんしょうに》のことに目配りするのを怠りはじめたという訳ではなかった。

どの陣屋にも代官ないし郡代《ぐんだい》の下に手付《てつけ》、手代《てだい》といった役職が置かれており、八王子詰めのこの者たちは、川中島《かわなかじま》藩松平忠輝《まつだいらただてる》家の筆頭家老になってからも幕府の奉行でありつづけている長安と連絡を取り合っている。そのような関わりから信松尼が機織《はたお》りを学びはじめたこともまもなく長安の耳に入ったらしく、かれは慶長九年（一六〇四）の春、越後《えちご》米《まい》百石、金子《きんす》五枚とともに越後でよく使われているという地機《じばた》を三台、信松尼に送ってきた。越後は昔から苧《からむし》（苧麻《ちょま》）という名の多年草から採った繊維によって越後布《ふ》ないし越後上布《じょうふ》と呼ばれる織物を織ってきた国柄であり、地機は分解と組み立てが容易なので運送することができるのだ。

思わぬ贈り物に手を打って喜んだ信松尼は、同時に受け取った金子の一部によって庫裡《くり》近くに織小舎《おりごや》を建て、お梅に要領を教えてもらいながら本格的に絹織物の織り方を学ぶことにした。

初めは、チョウハタリ、チョウハタリと規則正しく音を立てることさえおぼつかなかった。八王子方面に土着した武田家遺臣の中には、信松庵の墓所に眠りたいと遺言して生涯を閉じる者もめだちはじめたため、信松尼は法事と勤行《ごんぎょう》の合間を見て織小舎にむかうことしかできず、思うように分量を織ることも叶《かな》わなかった。

それでも信松尼が機織りを止《や》めようとしなかったのは、ひとつにはお梅に教えられながら一緒に染めた糸を庭先の物干《ものほ》し竿《ざお》に干して眺めていると、

（この糸でどんな布を織りましょうか。この糸の色合いを生かしてあげるには、どのような配色にしたらよいのかしら）

といった思いがつぎつぎと湧いてくるためであった。

法事や勤行は死者となって西方浄土《さいほうじょうど》へおもむいた霊魂の成仏《じょうぶつ》を祈るための行為だから、おのれを無にして読経《どきょう》する必要がある。対して織るべき織物の色合いを考えることは物を作り出すための一段階であり、尼僧としては圧《お》し殺さざるを得ない自分の好みを表現する手段でもあり得る。

そう考えると信松尼は、

(傍目《はため》にはおかしいかも知れなくても、わたくしは蚕《かいこ》を育て、機を織る仏弟子として生きてゆくことにしましょう)

と思い、それが自分なりの人生なのだ、と素直に達観することができるようになっていた。

あけて慶長十年(一六〇五)四月には、徳川家康《とくがわいえやす》が六十四歳にして徳川初代将軍の座を降り、大御所《おおごしょ》と称して世子《せいし》秀忠《ひでただ》を二代将軍とする、という出来事があった。

五年前に起こった関ヶ原の合戦以降、家康は太閤秀吉《たいこうひでよし》の側室淀殿《よどどの》とその子秀頼《ひでより》とが西軍を支持していたことにつけ入り、同家の領地を摂津《せっつ》・河内《かわち》・和泉《いずみ》三カ国の六十五万七千石だけに削っていた。だから当年十三歳の豊臣秀頼は、もはや単なる一大名にすぎない。

それでも秀吉恩顧の諸大名や豊臣家直臣《じきしん》たちの中には、

（家康公が天下人《てんかびと》となられたのは秀頼さまがまだ幼いからで、秀頼さまが御成人あそばされれば当然政権をお返しして下さるはず）

と期待する向きがまだ少なからずいた。家康は自分が秀頼に政権を返還することなどあり得ないと示すためにも、秀忠をあらたな将軍に就けて江戸幕府がさらにつづくことを満天下に知らしめたのだ。

しかし、むろん信松尼の心はそのような俗事に向けられてはいない。このころから慶長十三年（一六〇八）の半ばまでのおよそ足掛け四年間、年齢でいえば四十五歳から四十八歳にかけて、信松尼が打ち込んだことは、養蚕《ようさん》と機織りのほかにもうひとつあった。

「藍建《あいだ》て」

ともいわれる藍染めの技法を修得しようとしたことである。

「青は藍より出《い》でて藍より青し」

とは『荀子《じゅんし》』に見える表現だが、藍染めについてまったく知るところのなかった信松尼がこれに関心を寄せたきっかけは、八王子に紺屋《こうや》の「紺八《こんぱち》」が店開きし、信松庵の養蚕所製の糸の染めも引き受けてくれたことであった。

たまたま「紺八」の二軒先でおこなわれた法事の帰途、店の中を覗いてみると、

「機織りもなさる尊い尼御前《あまごぜ》」

として名を知られるようになっていた信松尼は「紺八」のあるじ広助《こうすけ》に気づかれたことが幸いして、腹掛《はらがけ》、股引《ももひき》、黒足袋《くろたび》に印半纏《しるしばんてん》という出立《いでた》ちのその広助から藍を建てる要領を教えてもらうことができた。

「紺という染料を作るには、まず藍の葉を大量に仕入れてくることから始めねえといけやせん。手に入りましたらこれを藍臼《あいうす》に入れて、まずは餅《もち》のように搗《つ》き固めて藍玉《あいだま》をこさえます。つぎにその藍玉を板の間の下に首まで埋めこんだ藍瓶《あいがめ》四つに分けて収め、水を張って濃淡さまざまな紺をこさえるという段取りでして」

といって獅子鼻《ししばな》の広助がつけ足したところによると、江戸の紺屋で使う藍瓶は深さ四尺（一・二メートル）、差しわたし二尺のものだという。

「一口に藍色といいましても、淡い水色から申しますてえと瓶覗《かめのぞ》き、水浅葱《みずあさぎ》、浅葱、縹《はなだ》、織色《おりいろ》、紺、濃紺といろいろござんして、それぞれを濃淡のぼかしで染め分けることもできるんでさあ。これに黄色い染料を掛け合わせますってえと若草色、鶸《ひわ》色、松葉色などといった緑色に染めることもできるって訳でしてね」

日本語特有の色彩語をずらりと並べてみせた広助が、藍を建てるこつとして信松尼に教えてくれたのは、瓶に入れた藍玉をいかにして発酵させるか、という問題を解決するための技法であった。

「今日すべてをお見せすることはできねえですが、板の間の下に埋めこんだ藍瓶を賽《さい》の目の四にたとえますってえと、五の目のまんなかの黒点にあたるところには火壺が掘られておりやしてね。火壺の底と四つの藍瓶の底とはもぐら穴のような細長い隧道《ずいどう》で通じていると思って下さいやし。この火壺で燃やすおが屑《くず》の量をその日その日の陽気で加減しながら藍瓶に木の灰と麩《ふすま》を加えてゆきますてえと、ほどよい染め汁ができます。ここまできたら、染めを頼まれた浴衣《ゆかた》地や白絣《しろがすり》に石臼で碾《ひ》いた大豆の粉の呉汁《ごじる》を前もって塗りつけるという地ごしらえをしておいた生地を伸子《しんし》に張って、藍瓶に浸してゆけばいいっつう訳でして」

「いろいろ教えて下さって、ありがとうございます。ところで瓶覗きとは大変ゆかしい呼び名と存じますけれど、どうしてこのような呼び名が生まれたのですか」

土間の床几《しょうぎ》に腰掛けていた信松尼がたずねると、上《あ》がり框《かまち》の上に正座していた広助は、大きく剃《そ》りひろげた月代《さかやき》に右手を当ててから答えた。

「そんなことは考えたこともござんせんが、藍瓶をちらりと覗いたときにかろうじて目に映る程度の淡い水色ってえことじゃねえですか」

そんなやりとりを挟んで、濃淡さまざまに染めた生地の見本を見せてもらい、

（この色合いなら法衣《ほうえ》に仕立てることも許される）

と思ったこと、そして「紺八」と紺地白抜きで書かれた暖簾《のれん》の下から外の通りにまで得もいわれぬ藍の香りが漂い出していたことも、信松尼が自分でも藍染めをしてみたい、と考えた理由であった。

二

初めて「紺八」の広助の店を見学した日に信松尼の心に刻まれたのは、瓶覗きということばのほかにもうひとつあった。濃淡さまざまな藍色に黄色い塗料を掛け合わせると、若草色、鶸色、松葉色などといった緑色に染めることもできる、という点である。

後日、信松庵の養蚕所製の絹糸を染めてもらうためにふたたび「紺八」を訪れたついでにたずねると、黄色の染料とは梔子《くちなし》、楊梅《やまもも》、黄蘗《きはだ》、刈安《かりやす》など昔から染料植物として用いられてきた木や草の樹皮や葉あるいは実だという。

これらを釜で煮出してその灰汁《あく》で染めることはお梅に教えられていたから、自分の藍瓶さえ持てばこれまで織ってきたよりも多彩な色合いの糸によって機織りすることができると知り、信松尼の胸は高鳴った。

しかし、ことは思うようには運ばなかった。

十日ほどして信松尼が何阿弥《なにあみ》をつれて生弌尼《しょういちに》の様子を見にゆき、その帰りにまた「紺八」の暖簾をくぐったときのこと。

「これはいらっしゃいまし、お預かりした糸はすでに染め上がっておりやす」

いかつい顔に笑みを浮かべて糸の束を差し出した広助は、

「あの、わたくしどもも藍染めを試してみたいと思うのですが、この辺では藍はどのようにして手に入れるのでしょう」

と床几に腰掛けた信松尼がたずねた瞬間、がらりと態度を変えたのである。

正面から見ると髷の先が後頭部に隠れて坊主頭と見誤まるほど月代をひろく剃っている広助は、眉を寄せ、腕まくりせんばかりの勢いで啖呵《たんか》を切った。

「何でえ、何でえ。これまではおとなしげな尼さんだと思って染め賃も安くしてやっていたのによう、藍の建て方がざっと頭に入ったら今度は自分で藍染めをして銭を稼ごうってのか。そんなのは『紺八』の客じゃねえ、商売仇《がたき》だ。生憎《あいにく》だけんど、おいらァ商売仇に塩を送るほどお人好しじゃねえからな。藍がどこで採れるかなんてえことは、自分で調べな」

信松尼が初めて聞く伝法《でんぽう》な口調に切れ長な目をまたたかせていると、作務衣《さむえ》姿の何阿弥が預かっている財布を上がり框につと差し出した。上級武士の家では金銭にじかに触れることを忌み、このような支払いの際にも相手に財布をわたして勝手に代価分を取らせるのだ。

何阿弥のこの動きは、期せずして広助の機先を制した形になった。思わず日頃のならいで、

「へい、毎度」

と応じてしまった広助は、それまでの自分の野卑な口調を恥じたかのように信松尼にいった。

「じゃあ、最後にひとつだけお教えしますから、聞いておくんなさい。藍ってえのはね、ほかの染料と違って人を見るところがあるんだ。節分のころ種を播《ま》いて、ひでえ暑さの中で刈り入れをしちゃあ、寒さがきてから蒅《すくも》に作るんだけんど、蒅とはまだ搗き固める前の藍玉のことさね。藍作りの農家から蒅を受け取ることから始まるのが藍建てで、これは勘の悪い者にゃあ五、六年以上かかってもうまくできることじゃあねえんだよ。じゃあどうするか、ってえことを聞く気はあるかね」

代価分を取って財布を何阿弥に返した広助は、すっかり藍染め職人の顔にもどってたずねた。

「はい、よろしかったらうかがわせて下さいませ」

白い頭巾に包まれた頭を下げた信松尼に、板の間からこくりとうなずいた広助は膝を揃え直して告げた。

「藍建てのこつは唯《ただ》ひとつ。藍玉は人肌でしか生きられねえことをよくわきまえて、昼夜あたたかさが変わらぬよう様子を見守ることに尽きるんだ。昔からこれを『藍の顔を見る』というのは、人の機嫌をうかがうように藍を建てよ、というのとおんなじさ。機嫌よく育った藍は、瓶の底の方に生まれた泡が表面に浮かんでくるからすぐにわかる。おいらたちはこれを『藍の花が咲いた』というんだけんど、まあどこまでできるかやってみなせえ、ということしかいえねえなあ」

藍を建てる。藍の顔を見る。藍の花が咲く。

いずれも信松尼には初耳の表現ばかりで、それがかえって藍染めの奥の深さを思わせた。

それでも信松尼が、

（やはり藍を建ててみたい）

と思ったのは、瓶覗きや紺色、緑色がいくつも作れたら、その色に染めた糸を緯糸《よこいと》に使って甲州の山々の景色を織り出せるのではないか、という考えが浮かんでいたからでもあった。

物欲とは無縁に生きてきた信松尼であったが、春になると信松庵の近くに白い花をつける辛夷《こぶし》の木を見つけては甲斐路《かいじ》のかなたに見わたせた山々の姿が思い出され、その山々の姿を仁科盛信《にしなもりのぶ》夫人から見せてもらった小袖《こそで》「残雪《ざんせつ》」のように織物として表せないものか、という思いが心の中に育ちはじめていた。

それにしても、藍はどのようにすれば入手できるのか。それが最初の難関と思われたものの、これはお梅に相談すると簡単に道がひらけた。府中《ふちゅう》住まいのお梅の父は染物職人であり、その仲間には紺屋の店を持っている者がいるという。

お梅の父を介して府中のその紺屋に問い合わせてもらったところ、こういう答えが返ってきた。

「藍といえば四国の阿波《あわ》のものが上等だそうだが多摩では手に入らねえから、たいがいの紺屋は武州埼玉郡《ぶしゅうさいたまごおり》産の藍を買いつけているものさ」

埼玉郡なら他国ではないから染の注文のしようもあるのではと考えた信松尼は、千人町《せんにんちょう》へ法事に呼ばれた際に千人同心の小人頭《こびとがしら》となっている旧臣石黒八兵衛《いしぐろはちべえ》を訪ねて相談してみた。

するとその日たまたま非番で家にいた八兵衛は、

「これは御料人《ごりょうにん》さま」

と喜んで信松尼を茶の間に請《しょう》じ入れ、自分は下座《しもざ》に移って相談事に耳を傾けてくれた。

そして、信松尼が語りおえて出された白湯《さゆ》に口をつけると、あらかたつぎのように応じた。

——幕府の領地は「天領《てんりょう》」と呼ばれておりますが、その天領のうち五万石前後を支配して年貢を集める役目は代官と申し、十万石以上の土地を支配するものは郡代と申します。ここ八王子陣屋は別格でござりますが、関八州《かんはっしゅう》の代官や郡代のうち、上位の郡代は江戸在府でございまして浅草御門《あさくさごもん》内の郡代屋敷を住まいとしております。それがしから大久保石見守さま宛に一筆認《したた》めておきますから、埼玉郡を支配しておいでの郡代にお頼みになって、藥を購入なされてはいかがでしょう。それがしは染物のことはよくわかりませんが、『紺八』の広助とやらも埼玉郡から藍玉の素《もと》を仕入れていると小耳に挟んだことがござります」

「勝手なお願いで申し訳ありませんけれど、一緒に甲州から逃れてきた者のささやかな望みと思って許して下さいね」

信松尼が八兵衛に掌《てのひら》を合わせると、

「いや、それはお止《や》め下され」

と、かれは困ったようにいった。

三

石黒八兵衛の判断は正しく、信松尼は大久保長安の口添えによってこの慶長十年（一六〇五）の暮れから菜《すくも》を買いつけることが可能になった。

しかし、そうと決まれば決まったで、秋のうちから仕度しておくべきことどもがあった。「紺八」にあったのとおなじ藍瓶を地下に四つ埋めこんだ板敷きの部屋を造り、おが屑でその瓶をあたためる機巧《からくり》もこしらえなければならない。

幸い信松庵にはまだ土地があるから、紺屋ならぬ紺部屋とも称すべき小舎を建てることは可能であった。とはいっても、このような紺屋そのものの構造を持つ小舎は、どんな大工にでも建てられるというものではないのでは、と考えて思案に余った信松尼がまた石黒八兵衛に相談すると、かれは笑って答えた。

――かつて八王子城に水瓶を納めていた窯元《かまもと》が今もありますから、藍瓶やその瓶に暖気を送る筒などはこの窯元に焼かせればよろしいでしょう。それに「紺八」は広助夫婦と通いの職人だけでやっている小店《こだな》ですから、御府内《ごふない》から大工を呼んで店を建てさせたとは思えません。ちと請け負った者がだれか、調べてみましょう。

それから二日後に信松尼が本堂で朝の勤行をしていると、回廊からやってきた何阿弥が背後から告げた。

「ただいま横山組の者と名乗る印半纏姿の者がまいりまして、庵主《あんじゅ》さまから御用をうけたまわりたい、などとよくわからぬことを申しております。追い返しましょうか」

「それはなりませぬ。その方はきっと、大工の棟梁《とうりょう》でしょう。頼みたいことがありますので、庫裡の出会いの間へお通ししてくりゃれ」

信松尼が会ってみると、やはり横山組とは八王子宿とつづき宿になっている横山宿の大工のことで、棟梁の作兵衛《さくべえ》と名乗った色浅黒い男はつぎのように挨拶した。

「これはお初にお目にかかります。お小人頭の石黒さまに一度こちらへうかがって御注文を聞くように、とお声掛けをいただきましたんで参上いたしました。どのような御用向きでござんしょう」

「お忙しいでしょうに、わざわざお越しいただいて痛み入ります。実は――」

紺屋のような小舎を建てて藍染めをしてみたいのだ、と信松尼が打ちあけると、

「すると、『紺八』の板の間の下に作った仕掛けとおなじものを御所望《ごしょもう》ということですかい」

とたずね返した作兵衛は、

「いえ、『紺八』はおれら横山組の請け負った店なんで」

とつけ加えた。

それなら、話は早い。

「ところで、建てるところはお決まりですかい」

とまたたずねられて、信松尼は庵《いおり》の南側にあって今は養蚕所になっている二階屋の農作業場を兼ねたひろい庭へ向かった。

その一角に立って四方を見まわした作兵衛は、信松尼に「横」という字を描いた印半纏の背を見せたかと思うとくるりと向き直っていった。

「ここならひろさは充分でござんす。けど、水の手はどこにありますんで」

「はい、あそこに井戸屋形がございます」

信松尼が母屋《おもや》に向かって左側を指差すと、作兵衛は苦笑して応じた。

「いえ、うかがいたいのはそういうことではなくて、近くに川はないかっつうことでござんす。糸や布地をうまく藍染めすることができたら、仕上げとしては近くの川へ出掛けて染物流しをしなきゃなんねえ。だったら、小川でもいいから初めから水の手の近くに小舎を建てた方がよかんべえと思いまして」

「ああ、ほんにほんに」

そういえば、裾《すそ》をたくし上げて浅川《あさかわ》の流れに入った若い娘が染物流しをしているのを見たことは一再ではない。そういう作業があることを知りながら藍染めとこれとを結びつけて見ていなかった自分が恥ずかしくなり、思わず信松尼は頰を赤らめた。

このときから信松尼が感じはじめた不安は、

（染物流しをする流れがないから信松庵で藍染めはできない、といわれたらどうしましょう）

という点に発していた。

「紺八」のある街道筋の北側には浅川が西から東へ流れているから、店から染物流しにゆくことなどは遠出のうちに入らない。

しかし、街道筋の南に位置する信松庵と浅川とは九町以上離れていて、メートル法でいえば一千メートル弱の距離がある。西北の御所水《ごしょみず》の里ともほぼおなじ距離を隔てているし、信松庵の南側をやはり西から東へうねっている浅川の支流山田川《やまだがわ》に至っては十二、三町（一三〇八〜一四一七メートル）も離れている。

すなわちこれらのいずれかから水路を掘削《くっさく》して信松庵に引きこむとすると、いかに大久保長安から援助を受けている身とはいえ、あまりの大工事となって個人の趣味の範疇《はんちゅう》を超えてしまうのである。

（そこまですることなど、許されることではない）

作兵衛と別れてからそう考えていた信松尼を、その作兵衛がまた訪ねてきたのは翌日夕刻のことであった。前の日とおなじ出会いの間に通されるのを辞退して庭先にまわりこんだ作兵衛は、信松尼が回廊に法衣姿をあらわすのを待ちかねたように報じた。

「昨日うかがった水路の件でござんす。昨日今日とこの近くをまわってみたところ、南へちょいと歩いていった先の浅間《せんげん》神社の裏山から清水が湧いているのを見つけました。水量も豊かだし裏山は境内の北にあってこちらに近うござんすから、ちょいと水路を掘りゃあ引きこむことは訳はありませんや」

これは作兵衛が、信松庵でも藍染めはできる、と請け負ってくれたにひとしかった。

四

こうして藍染めという未知の世界に足を踏み入れた信松尼であったが、「紺八」の広助がいっていたように藍には人を見るところがあるらしく、慶長十一年（一六〇六）の藍建てではみごとなまでの失敗におわった。

前年の暮れに埼玉郡から俵詰めで運んでもらった蒅《すくも》を藍瓶四つに収め、桜がおわって青葉の季節がめぐってくるまでの間、信松尼は八角形の火壺に籾殻《もみがら》や作兵衛の持ってきてくれたおが屑を燻《く》べつづけて、藍瓶を人肌のあたたかさに保つべく神経を使いつづけた。特に四月となり、蚕《かいこ》たちが第五齢を超えてヒキリ（熟蚕《じゅくさん》）になるころまでの期間、信松尼は庵と養蚕所、紺部屋を三つの角とする三角形の中をめまぐるしくめぐる独楽鼠《こまねずみ》のような日々を送る羽目になった。

それでも藍は一向に発酵して泡を浮かべるには至らず、死んで鼻を打つ臭いを漂わせはじめた。

藍の死んでしまった藍瓶を空《から》にし、水で洗う作業ほど虚しいものはない。そうと知った信松尼は、この年の五月に江戸城北の丸の比丘尼《びくに》屋敷に見性院《けんしょういん》を見舞いに行ったときには、その見性院に教えられて内神田《うちかんだ》の紺屋町《こんやちょう》にある紺屋を訪ね、あるじに事情を伝えて何が悪かったのかをたずねてみた。

あるじは、信松尼にいろいろ問うた果てに結論づけた。

「今うかがいますてえと、養蚕もしておいでとか。そりゃあ無理ってもんですぜ。見た訳じゃねえから何ともいえませんがね。きっと庵主さまがお蚕さんにかまけている間に藍瓶が冷えて、そのおかげで藍が死んじまったんでしょう。藍建ては、もっと身を入れてなさらねえと」

あるじはそう信松尼をたしなめながらも、

「暮れにまた近くへおいでなさったら、お寄りなせえ。藍を建てるところを見せて差し上げます」

といってくれた。

その暮れがやってきてから見性院にお歳暮を届け、比丘尼屋敷に三日ほど滞在させてもらってそのあるじの藍建てを見学するうちに、信松尼には発見がつづいた。

藍玉は木を焼いて作った上質の木灰《きばい》で作った灰汁《あく》に浸された上であたためられ、さらに酒、麩《ふすま》、水飴《みずあめ》を加えられることによって発酵をうながされるものだったのだ。素人《しろうと》の哀しさで信松尼は発酵をうながす手法についてはよくわかっていなかったのだから、成功するはずもなかったのである。

建てて七日目だという藍瓶を見せてもらったときの信松尼は、そんなことも忘れてすっかり感動してしまっていた。その瓶の藍は艶《つや》を帯びて表面が輝いているばかりか、さわやかに感じる香りを漂わせていた。しかも、底の方からは紫紺《しこん》色の泡が浮かんできて、その表面には薄紫色の膜が張っている。

「さあ、うちで使っている木灰と水飴を少し差し上げますから、ためしに使ってみなせえ。麩や酒は八王子でも手に入りましょう」

といわれてわたされた包みを、信松尼は抱き締めるようにして信松庵に帰ってきた。

麸や水飴が酒とともに藍の発酵をうながすのは、原料の小麦の皮や麦もやし（麦芽）にふくまれる酵素が澱粉質《でんぷんしつ》に作用して麦芽糖《ばくがとう》を生じさせることによる。

慶長十二年（一六〇七）初頭に藍建てを再度こころみるに当たっては、信松尼はまだ元気な清水おみさに養蚕所のことはすべて任せて、藍建てに没頭しようとした。

しかし、この年も駄目であった。

日本の職人は物と物とを混ぜ合わせるのも勘と経験をもとにおこなうもので、欧米人のようにAを一グラムとBを二グラム混ぜなさい、という教え方はしない。信松尼も藍瓶に灰汁はどれほど入れるのか、麸、酒や水飴はどれくらい混ぜるのか、という点については目分量でおこなうしかなかった。しかも前の年にはあたため方が足りずに藍を死なせてしまったようなので、今回はおが屑をいつも火壺に多めに焼べて火力を強めに保つことを心懸けたばかりか、朝に夕に藍瓶の中をよくかきまわして熱が均等に伝わるよう努めた。

するとそれが裏目に出て、七日目には藍の表面をぶくぶくと大きな泡が覆いつくし、妙に甘い臭いがした。発酵と腐敗は紙一重とはよくいわれることだが、信松尼は灰汁、麸、酒、水飴をいずれも多く入れ過ぎ、火力を強め過ぎたことと相まって藍をすべて腐らせてしまったのだ。

これには信松尼もさすがに失意を禁じ得ず、自分の要領の悪さを恨めしく思って口惜《くや》し涙を流しさえした。

とはいえ養蚕が順調にいっていて絹糸が生産できている以上、藍立てが成功しない限りその糸はほかの染料で染めなければならない。

(それも口惜《くちお》しいから、今年の暮れこそは)

と信松尼が三度藍建てに挑もうと心を決めていたその秋口のこと、深夜になってから信松庵の庫裡を訪ねてき、板戸を叩きながら叫んだ者がいた。

「庵主さま、大変でございます。生弌尼さまがお倒れになりました」

夜は入口近くの部屋で寝ている何阿弥が起きて板戸を横にすべらすと、声の主は横山宿北寄りの生弌尼の庵に住みこんでいるその乳母《めのと》であった。侍女に提灯《ちょうちん》の火で足元を照らしてもらいながら駆けこんできた乳母が伝えたのは、つぎのようなことどもであった。

「庵主さまは時々お見舞いに来て下さいますので申すまでもないことでございますが、生弌尼さまはこのところ血をお吐きになることも妙な咳《せき》もなさることもなくなっておりましたので、わらわどももほっとして仏道修行のお手伝いをさせていただいておりました。ところが四、五日前から生弌尼さまはお顔の色がにわかに悪くなられまして肉も落ち、お目が少し大きくなったように感じられてまいりました。そういえば食もすすまない御様子でいらっしゃいますので『お具合がよろしくないのでございましょうか』とおたずねいたしましても、生式尼さまはかぶりを振るばかり。ところが今宵《こよい》、生式尼さまが御寝所《ごしんじょ》にお入りになりましてまもなくわらわがその二の間の褥《しとね》に入って夢路をたどりますうちに、襖《ふすま》の向こうから『うっ』という呻《うめ》き声が伝わってまいりました。生式尼さまはたんと血をお吐きあそばされて、そのまま気を失ってしまわれたのでございます」

「それでは、命に関わるかも知れませんね。すぐにまいりましょう。だれか、気付薬を出しておくれ。御苦労ですが、何阿弥に先導を頼みます」

寝間着に綿入れを羽織った姿で経緯《いきさつ》を聞き取った信松尼は、手早く頭巾《ずきん》と法衣をまとって白足袋をはくと門道へ向かった。

翌日、生式尼は八王子陣屋御用の医師の診察を受けた。その医師の診立《みた》ては、

「労咳《ろうがい》（結核）の末期と思われますから、日当たりのよい部屋にくつろいで慈養分のある食事をお摂《と》りいただくしかございますまい」

というものであった。

「余命はどれぐらいでしょう」

とは聞けるものではなかったが、信松尼はそのつぎの日から一日に一度は生弌尼を見舞うことを怠らず、結果として慶長十三年（一六〇八）はついに藍を建てないまま過ぎていった。

その間、信松尼は生弌尼を信松庵の庫裡に移そうと考えたものの、これはできない相談であった。労咳は染《うつ》る病なので、法事や墓参の客に迷惑をかけては申し訳が立たない。

信松尼が生弌尼を見舞ってその手をさすってやると、細い指からは体温が下がっていることが感じられて、夏の暑さに堪えられるかどうかが思いやられた。

この年の七月一日は今の暦ならば八月十六日であり、生弌尼の寝所にも蟬時雨《せみしぐれ》が聞こえてきた。

この月の二十九日、信松尼に何か話しかけようとして枕から頭をもたげようとした生弌尼は、もはや上体を起こす力もなくなっていた。そのまま諦めたように頭を枕に預けた生弌尼は、閉ざした眼をふたたびひらくことなく静かに息を引き取った。

武田《たけだ》信玄《しんげん》の五男仁科五郎盛信の娘として生まれ、叔母の松姫《まつひめ》に託されて高遠《たかとお》から八王子へ逃れてきた仁科督姫《とくひめ》あらため生弌尼は、享年二十九であった。

生弌尼が息絶えたことに気づいて乳母と侍女たちが目頭《めがしら》を押さえる間に、信松尼は合掌してその生弌尼に心の中で話しかけた。

「そなたもとうとう、五郎さまと奥方さまのおんもとへゆくのですね。楽をさせて差し上げることはできませんでしたけれど、おふた方より長生きしていただけたことを何よりと思うようにいたしましょうね」

語りかけながら信松尼は、

（小袖の「桜花《おうか》」はお棺に納めて、おふた方のもとへお返しすることにしないと）

と考えていた。

五

慶長十三年（一六〇八）七月二十九日の翌日は、八月一日である。

（生弌尼の葬儀には、わたくしなどより格上のお坊さまを導師としてお招きしないと）

とも考えた信松尼は、横山宿の内にあった生弌尼の草庵から西北へ九町（九八一メートル）ほどしか離れていない浄土宗の極楽寺《ごくらくじ》の住職乗誉琳山《じょうよりんざん》に導師をお願いし、八月初めに葬儀をおこなうことができた。

生弌尼愛用の文箱《ふばこ》からは、いずれ自分が死亡したらこの草庵をお寺として、亡骸《なきがら》はそのお寺の墓地に埋めてほしい、という内容の遺書が発見されていた。その生弌尼に授けられた戒名《かいみょう》は、玉田院光誉睿室貞舜尼《ぎょくでんいんこうよえいしつていしゅんに》。

この戒名にちなんで草庵の跡地に建立《こんりゅう》される寺の名は玉田院とすることが決まり、生弌尼の柩《ひつぎ》には信松尼の手によって仁科五郎盛信夫妻の形見である「桜花」が納められた。

そして四十九日には、やはり信松尼の手によってその墓所に無縫塔《むほうとう》と呼ばれる形式の墓石が建立された。無縫塔は別名を卵塔《らんとう》といい、台座の上に卵形の石塔婆《いしとうば》を載せた形の墓碑のこと。「無縫」とは無形無相《むぎょうむそう》——肉体も形もない空《くう》なる姿を意味し、それが縫い目を持たない卵の形によって示されるのだ。

八王子陣屋から注進した者があったのか、江戸城北の丸田安門《たやすもん》内の比丘尼屋敷にいる見性院から香料が届けられたことは、ことに信松尼の胸を熱くさせた。仁科家とその宗家である甲州武田家がともに滅びてひさしい今日、生弌尼に香華《こうげ》を手向《たむ》けることのできる武田家縁者は、下野《しもつけ》の宮原家へ嫁いだ貞姫《さだひめ》を別にすれば、もはや見性院・信松尼姉妹しかいないのである。

そこで九月の半ば過ぎ、信松尼は見性院に香典返しの絹織りの反物を届けるために八王子から江戸をめざした。その反物とは信松尼が自分の地機で織ってみた白地の絹織物のうち、もっとも出来のよかった品である。

いつものように何阿弥と武芸の心得のある男装の侍女ひとりをつれた信松尼が、饅頭《まんじゅう》

笠《がさ》に美貌を隠して比丘尼屋敷に着いたのは翌日夕刻のこと。出会いの間へ通された信松尼を、

「まあ、またおいで下さってうれしいこと」

と見性院は笑顔で迎えてくれた。

「いえ、生弌尼の四十九日に際しましては過分な御香料をたまわりまして、ほんにありがとうございました」

白い頭巾と鼠色の法衣姿の信松尼が下座からきちんと頭を下げてお礼のことばを口にすると、やはり白い頭巾に頭部をつつんでいる見性院は、手巾《しゅきん》で目頭を押さえながら答えた。

「他人行儀なことをおっしゃいますな。そなたが懸命に育ててくれたからこそ、からだが弱かったという生弌尼も三十歳近くまで生きることができたのですよ。そなたのその長い間の苦労に較べれば、お届けした香料などなにほどのものでもありません。それにしてもそなた、まだ養蚕や機織り、染物をつづけているのですか」

「はい。でも根が不器用なのでしょうか。藍建てはどうもうまくゆきませんので、本日は御香料を頂戴いたしましたおん礼として、生弌尼に代わって糸を染めずに織った絹織物を少々持参いたしました。わらわの養蚕所で取れました絹糸を地機で織ってみたものですので、さほどの品ではございませんけれど」

信松尼が背後に置いてあった風呂敷の包みから白地一反の絹織物を取り出して紫色の法衣をまとっている見性院の膝の前へすべらせると、

「まあ、そなたはこのようなものまで織ることができるのですか」

感動と驚きをあらわにした見性院は、

「では、ちょっと当ててみましょう」

とつづけて反物の一端をつまみ、巻かれていたその布地を解いて左肩から右腰へと当ててみせた。布地一反とは成人ひとり分の和服が作れるだけの布の長さを指し、その寸法をメートル法で表記すると長さ十メートル強、幅はおよそ三十四センチメートルである。

「よろしかったら、御衣装に仕立てて下さりませ」

信松尼が頭を下げると、目尻に皺《しわ》を刻んだ見性院はうれしそうではあるがきっぱりとした口調で答えた。

「わらわにとって生弌尼は姪《めい》に当たります。今後は仏壇にこの反物の一部を形代《かたしろ》としてお納めした上で、これで仕立てた法衣をまとって生弌尼の後生《ごしょう》を祈りつづけることにいたしましょう」

その翌日、信松尼がかつて藍建てについて教えを受けた内神田の紺屋町にある紺屋を訪ね、絞り染めの技法につき二、三の質問をして比丘尼屋敷へもどってくると、内玄関に女ものの草履《ぞうり》があることから来客中と知れた。

「ただいま帰りました」

式台上に出迎えた見性院の侍女のひとりに挨拶すると、その侍女は、お帰りなさいませ、と両手を突いてからいった。

「見性院さまが、おもどりになられましたら御紹介したい人がいるので出会いの間に来てほしいと仰せでございます」

「そうですか」

意味がよくわからないながらに信松尼はうなずき、足を洗い白足袋を替えて廊下の先の出会いの間へ向かった。

「信松尼さまがおもどりでございます」

その先に立って廊下をすすんだ侍女が襖の向こう側へ声を掛けると、

「入ってもらい」

と見性院の答える声が聞こえた。

入室した信松尼の目に映ったのは、それまで下座に正座していた奥女中らしい者が急いで振り返ってお辞儀をする姿であった。

（どなたかしら）

と信松尼が思う前に、上座から顔を向けていた見性院が口をひらいた。

「こちらはお静《しず》さんとおっしゃって、奥御殿にお住まいの大うばさま付きの方です。時々大うばさまのお使いとして来て下さるので、そなたもお顔を覚えておいて下さいね」

大うばさまとは、今年三十歳の徳川二代将軍秀忠にかつて乳母《めのと》として仕えた井上半九郎《いのうえはんくろう》の母のこと。将軍の乳兄弟《ちきょうだい》となった半九郎は秀忠の近習《きんじゅう》のひとりとして召し出されていたが、大身《たいしん》の家に乳母として採用される者は婚家を去り、乳を与えた対象に一生奉公をしつづける、という不文律がある。

大うばさまも実家にも婚家にも帰れない身となっていたため、秀忠から正室お江与《えよ》の方やお上臈《じょうろう》、お年寄、中年寄、お客あしらいなど三百人近い奥女中の暮らす江戸城本丸奥御殿に局《つぼね》という名の部屋を与えられて老後を過ごしていた。お静はその大うばさまにお給仕役として採用された者なので、上記の奥女中たちをお江与の方に仕える直臣《じきしん》とすると、大うばさまをあるじとする陪臣《ばいしん》であった。

「静と申します。お見知りおき下さいませ」

とより深く頭を下げたお静に挨拶を返しながら信松尼が眺めると、お静は品の良い女性であった。染め紋付《もんつき》をまとって七寸幅《はば》、やの字結びの帯を武家の娘らしく胸高《むなだか》に締め、長い黒髪は根結《ねゆ》いのおすべらかしにしている。

「お静さんの父君は、かつては小田原の北条家に仕えていたのだそうです。わらわの弟、四郎勝頼《しろうかつより》さまの御正室も小田原から入輿《じゅよ》なされて北条夫人と呼ばれておりましたから、わらわども甲州武田家生き残りの姉妹がお静さんと知り合ったのも何かの御縁。おふたりにお茶を点《た》てて差し上げますから、茶室にまいりましょう」

と、見性院は機嫌よくいった。

六

茶室であらためてことばを交わすうちに、お静の父は北条家の滅亡以前は神尾伊予守《かんのおいよのかみ》、諱《いみな》を栄加《えいか》と称し、家中《かちゅう》では、

「伊予殿」

と呼ばれていたことが知れた。

すでに正室に先立たれていた伊予は、北条家の滅亡後は牢人暮らしを余儀なくされ、嘉《か》右衛門《えもん》、お栄《えい》、お静、才兵衛《さいべえ》の二男二女とともに日本橋の北西二里半、中仙道《なかせんどう》の最初の宿場板橋《いたばし》の郊外の竹村《たけむら》に土着。いずれは徳川家に仕官したいものだとの思いを抱きながらも、

その機会に恵まれることなく歳月だけが過ぎていった。

伊予の次女のお静は、天正十二年（一五八四）生まれ。家康が将軍職を世子秀忠にゆずり、

「大御所」

と称した慶長十年（一六〇五）にはもう二十二歳になっていた。早婚をもって良しとしたこの時代には、十三歳になって初潮を迎えたとたんに嫁にゆく女性がほとんどであり、二十二歳になってまだ独り身というのは珍しい例である。

お静は性格は物静かながらよく気のつく働き者で、色白の﨟《ろう》たけた面差《おもざし》をしていたから、

「おらがせがれの嫁に」

と申し入れる竹村の住人たちは少なくなかった。

そんなときの、伊予の答えは決まっていた。いつも穏やかな伊予は、このときばかりは背筋をしゃんとのばしてきっぱりと告げた。

「いや、当家の娘たちの嫁ぐ先は、武家でなければならぬのだ」

長女お栄は、家康が江戸に幕府をひらいたころには神田白銀丁《しろがねちょう》で刀剣の鑑定と販売などを生業《なりわい》としている牢人竹村助兵衛《たけむらすけのひょうえ》のもとへ嫁いでいた。対してお静は二十三歳、二十四歳と年齢《とし》がすすんでも伊予のめがねにかなう嫁入り先はなく、これならば、と思う奉公

先もなかった。

しかし、この慶長十三年（一六〇八）の春、すなわちお静が二十五歳になったとき、長い間伊予が各方面のつてを頼っていた効果がようやくあらわれ、奉公先が不意に決まった。大うばさまが、

「侍女がひとり足りなくなったので、お静とやらを使ってみたい」

と、人を介して伝えてきたのだ。

これに応じて江戸城奥御殿に奉公に上がったお静は、大うばさまの給仕役をつとめた。大うばさまはよく気のつくお静を気に入ったらしく、いつしかお静を名指して自分の居室である局の一の間へ呼ぶことがしばしばとなった。

それにつれてお静に命じられることの多くなった役目のひとつに、城内に住まう大うばさまの懇意の者へ季節ごとの贈答品を届ける、という仕事があった。その届け先のひとつが北の丸田安門内に建つ比丘尼屋敷の女あるじ見性院だから、お静はこの屋敷を訪れるうちに見性院の死んだ夫が穴山梅雪《あなやまばいせつ》であったこと、見性院自身は名将武田信玄の次女として生まれたことなどを知ったのである。

そのお静と見性院の茶飲み話を聞きながら、

（そういえば天正十八年〔一五九〇〕七月の小田原北条家滅亡の際、わたくしはまだ下恩《しもおん》

方《がた》の心源院《しんげんいん》に身を寄せていて、お腹を召された北条陸奥守《ほうじょうむつのかみ》〔氏照《うじてる》〕さまのみごとな御辞世を教えられたのでした)

と信松尼は思ったが、お静にかつての主家の滅亡を思い出させるのは酷なので、自分は氏照に世話になったことがある、という点だけを伝えることにした。

「わたくしどもの実家の武田家が、四郎勝頼さまの御正室北条夫人によって小田原北条家と縁つづきになっておりましたことは、先ほど見性院さまがおっしゃった通りです。わらわは甲州から戦火を逃れて八王子へ身を潜めましてからしばらくの間、下恩方の心源院というお寺に入って仏道修行をいたしたのでしたが、そのころの八王子城はご存じのように北条家の持ち城のひとつでございまして、城主として小田原から派遣されておられましたのは、北条陸奥守さま。ある日、鷹狩《たかがり》の衣装を召して心源院の御住職卜山《ぼくざん》和尚さまに会見なされた陸奥守さまは、わらわがすでに滅びました四郎さまの妹と知ると『苦労なさいましたな』といたわって下さいまして、その後は何かと援助もして下さったのでした」

信松尼がなおも記憶しているのは、

「しかもそこもとは、信玄公の末の姫君であるならば勝頼公に嫁ぎしわが妹の義理の姉君ではござらぬか。それがしの目の黒いうちは城より御必要な品々を運ばせましょうほどに、御遠慮なくおっしゃって下され」

と確約してくれた氏照の慈悲深いことばであった。

当時の信松尼は督姫、貞姫、香具姫《かぐひめ》を育てる一方で十人以上の供の者たちも食べさせねばならず、途方に暮れつつあった。それだけに、これはまことにありがたい申し入れと感じられたのだ。

「まあ。まったく存じ上げませんでしたが、さようなこともございましたのですか。北条家五代の御霊《みたま》に御報告したい佳《よ》いお話をうかがわせていただきました」

ふたたび信松尼に頭を下げたお静は、そろそろもどりませんと大うばさまに叱られますので、と見性院に断って躙《にじ》り口《ぐち》へ向かった。

この時点では、信松尼にとってお静はまだ腹違いの姉の家でたまたまことばを交わした女性に過ぎない。ふたたび八王子へ還《かえ》って以前の暮らしにもどるうちに、お静の印象は次第におぼろになっていった。

あけて慶長十四年（一六〇九）、信松尼は四十九歳になったというのに、色白の瓜実顔《うりざねがお》にまつ毛の長い切れ長な瞳とたおやかな鼻筋、ちょんと紅《べに》を差しさえすればどんなに可愛らしかろうと思われるふっくらとした唇が姿よくおさまっている面差に年齢は感じられなかった。

そうではあっても女性のからだは成熟期から老年期に向かう間に閉経する更年期を迎えることになり、ことに子を産まなかった女性は、脈の乱れ、のぼせ、めまい、頭痛などの症状を呈することが珍しくない。今日、更年期障害といわれている諸症状である。

信松尼もこの年は体調を損ねてしまい、七月初めに見性院にお中元の品を持ってゆくことは断念せざるを得なかった。

そんな中でも信松尼がふたたび極楽寺の住職乗誉琳山を玉田院に招いて生弌尼の一周忌を営むことができたのは、信松庵でおこなわれている養蚕、機織り、染色の成果が着々と上がり、大久保長安から援助を受けなくともそこそこの収入を得られるようになっていたことが大きかった。

信松尼は、尼僧としての仕事のほかに養蚕、機織り、染色のすべてに打ちこむことにはやはり無理がある、と感じた時点から、ある手法を打ち出した。八王子千人同心の家や近在の商家、農家の女たちから希望者を募り、これらの作業に従事してもらう代わりに賃銭を支払うことにしたのである。

この時代には、女たちが家の外で働いて収入を得ることのできる仕事といえば、接客業ぐらいしかない。それ以外の女たちも家計を助けるため、あるいは自分のために現金収入を得たがっていたから、信松尼の策は思い掛けず大当たりしたのであった。

それが長年の心労をやわらげる効果をもたらしたのか、信松尼は秋のさわやかな季節がくると体調がよくなったので、お歳暮というにはやや早いものの、また反物を持って見性院を訪ねた。

「七月にいらっしゃらなかったから、心配していたのですよ。でもお元気になったようで、何よりですこと」

と喜んでくれた見性院は、このときは信松尼を出会いの間へ通すのではなく、初めから中庭に建つ茶室へと案内した。

「このお茶室でお静さんとお話ししてから、もう一年以上たったのですね。その後、お静さんは息災にしていらっしゃいますか」

と信松尼が何気なく見性院にたずねると、

「あら、そもじはすでに大久保石見守殿（長安）あたりから、お静さんのことを聞いているものと思っていました」

という奇妙な返事がもどってきた。

見性院の温顔は一瞬翳《かげ》り、客座に正座していた信松尼は思わずたずねた。

「いえ、何も聞いてはおりませぬ。石見さまもお忙し過ぎて、近ごろは八王子陣屋にほとんどいらっしゃいませんし。あの、お静さんの身の上に何かあったのでございますか」

「何かあったどころではありません。お上《かみ》（秀忠）がお静さんを見初《みそ》めて、御正室に断りなく内緒の側室となさったため、お静さんはお気の毒にまことに苦しい立場に立たされてしまったのです」

見性院は、実に意外なことを語りはじめた。

七

将軍秀忠は、時々大うばさまの局へ御機嫌うかがいにやってくることがあった。表御殿から正室お江与の方のもとへ泊まりにきた日の夕刻か、その後朝《きぬぎぬ》の、奥御殿からお鈴廊下へ去るついでのときに限られていたが、大うばさまの局にやってくる人々にお茶やお菓子を差し出すこともお静の仕事のひとつであった。

秀忠のもてなし方について、お静は古参の大うばさま付きの者からつぎのように教えられていた。

「朝のおわたりのときには濃いめの宇治茶とお菓子を、日が落ちてからのときには夕餉《ゆうげ》のさまたげにならぬよう薄いお茶とほんのひとつまみのお菓子を差し上げるのですよ」

その秀忠の訪問を受けたとき、大うばさまはいつも打掛《うちかけ》をまとって端座している一の間

の上座から下座に移り、秀忠を上座に招いて少しの間物語をする。お静は頃合を見て二の間との境の襖をそろりとあけ、

（粗相があってはならぬ）

と顔が上げられないほど緊張して台子《だいす》と銀皿とを差し出すのをつねとした。

その秀忠が大うばさまのもとを辞去する際、お静は染め紋付にやの字結びの帯を胸高に締めた姿で廊下に先に出、平伏してお見送りする。袴の絹鳴りの音が伏せた頭部に近づき、また遠のいてゆくのを息を殺して感じ取っているのが精一杯であったから、

「大樹《たいじゅ》さま（将軍）は、どのようなかんばせをしておいでなのかしら」

と、だれかにたずねられたとしても、秀忠と視線を合わせたこともないお静には答えようもなかったであろう。

その秀忠は、今年三十一歳の男盛り。才気走ったところはなく、むしろ茫洋《ぼうよう》たる気性の持ち主ながら、父家康の意向をひたすら重んじて忠実に行動する律儀《りちぎ》さに特徴があった。

時おり大うばさまのもとへ顔を出すのもその律儀さのあらわれだが、またある日やってきた秀忠は、いま初めて気づいた、というように大うばさまにたずねた。

「おや、この者はまだ新参のようですな。名は、なんと申すのです」

ちょうどその前へ膝行《しっこう》して台子を差し上げたところだったお静は、思わずからだをこわ

ばらせていた。

「直答《じきとう》を許すと仰せあれば、当人から申し上げさせましょう」

「うむ、直答を許す」

秀忠の声が間近から響き、こちらに顔を向ける気配がしたので、お静は将軍と初めてじかにことばを交わすことになった。

あらためて三つ指を突いたお静は、深々と上体を折って答えた。

「静と申すふつつか者にございます」

「いずれの旗本家の者か」

秀忠が問い返したのは、奥女中たちのほとんどは旗本家から選ばれる、という習慣があるためかと思われた。

「はい、あの、わたくしめはお旗本家の者ではございません」

お静は、ちょっとつかえながらいった。

「神尾と申す、北条家牢人の娘にございます」

「年は」

「はい、六になりましてございます」

二十六歳というべきところを略して六というのは、時代の習慣である。

「そうか、心して奉公をつづけるがよい」

ということばを最後に秀忠が会話を打ち切ってくれたので、ようやくお静は一の間から退くことができた。

お静は、このときにはまったく思っていなかった。秀忠とのこのやりとりから自分が数奇な運命をたどることになろうとは。

しかし、お静の知らないところで舞台は着々と整えられていた。

数日後、将軍付きの年寄のひとり中野《なかの》の方が大うばさまを訪ねてきたので、お静は一の間へ案内し、作法通りにお茶とお菓子を出してから別室に控えていた。

すると、大うばさまが自分を呼ぶ声がする。これもいつものことなので、はい、と答えて一の間の襖を横にすべらした。さらに、

「まあ、ちょっとこちらへ」

という大うばさまの指示に従って一の間に入り、一礼して用事を聞くべく面《おもて》を上げたとき、なぜか中野の方と肩をならべるようにしていた大うばさまが、ふたたび口をひらいた。

「お上はそもじをたいそうお気に召され、御台《みだい》さま（お江与の方）には御内聞《ごないぶん》のことながら、お上付きのお中臈《ちゅうろう》に御所望されておいでと、ただいまうかがいました。さようでござりましたな、中野さま」

「ええ、そのとおりです」

と答えた染め紋付に白地半文様《しろじはんもんよう》の打掛姿の中野の方は、政庁を兼ねる表御殿に詰める大名たちでいえば老中に相当する重職だけにゆったりと構えていた。

奥御殿詰めのお中﨟には御台所《みだいどころ》付きの者とお上付きの者とがおり、お上付きのお中﨟になるとは将軍の閨《ねや》に侍《はべ》ることを意味する。

お静も、それくらいのことはすでに頭に入っていた。だが、自分が秀忠の侍妾《じしょう》に指名されようとはつゆ思わぬことだったから、一瞬茫然《ぼうぜん》としてどう応じればよいのかわからなくなってしまった。

するとまた、大うばさまの声が聞こえた。

「まことにめでたいことゆえ、わらわもそもじをお上に献上いたそうと思いますけれど、中野さまがそもじの気持も聞いておきたいと仰せなので呼んだのです。すでに許嫁《いいなずけ》がいるとか、なにか不都合があるのならお否《いな》み申し上げてもよろしいのですよ」

二十六歳まで独り身をつづけてきたお静に許嫁はいないし、ひそかに慕っている人もいない。かといってこの身を品物のように秀忠に献上されるのも口惜《くちお》しいように感じ、

「あまりに畏れ多いことなれば、お否み申し上げとうござります」

といおうとしたが、うまく声が出てこない。その間に、

た。

「これ、お静とやら」

濃い化粧によって目鼻立ちをくっきりさせている中野の方が、少し焦《じ》れたようにたずねた。

「そなた、なにか不都合なことでもあるのかえ」

「は、……いえ、別に」

ございませぬ、と消え入るように答えたとき、もうお静の運命は決まっていたのであった。

「それは重畳《ちょうじょう》」

と中野の方は答え、たてつづけにお静に伝えた。

これよりお上付きのお中臈として扱うので、住まいを世話親をつとめる中野の方の局に移すこと。これまで三石二人扶持《ぶち》と五菜銀《ごさいぎん》(自分用の味噌・醤油・塩の購入にあてる費用)六匁《もんめ》であった手当ては、十三石四人扶持、御合力金《ごこうりょくきん》四十両、薪《まき》六束、五菜銀三両にあらためられること。

ほどなく秀忠の寝所に呼ばれるようになったお静は、やがて月の障《さわ》りが起こらなくなっていることに気づいた。奥医師に診察してもらうと、懐妊しているという。

そうとわかったのはこの慶長十四年(一六〇九)の一月中のことであったが、お江与の方がこれを知ってからお静は大変な目に遭った。

秀忠の胤《たね》を身籠《みご》もったこと自体がお江与の方の嫉妬の原因になったわけだが、その背景としては秀忠がこれまでは完全にお江与の方の尻に敷かれており、奥御殿に側室を置くことを許されていなかったことが挙げられる。側室とは正室が夫に対して、

「わらわの代わりにお使い下さいませ」

という形をとって献上するものだが、秀忠より六歳年上のお江与の方は、父は近江小谷《おうみおだに》城主浅井長政《あざいながまさ》、母は織田信長《おだのぶなが》の妹で、

「戦国一の名花」

とその美貌のほどを謳《うた》われたお市《いち》の方、と名族の血を引くためか、秀忠に対しては、嫁に来てやった、という態度を隠そうともしなかった。

しかも、お市の方に似て美貌の持ち主であるお江与の方はきわめて多産の質《たち》であり、秀忠との間に三男五女をもうけていた。

上から順に千姫《せんひめ》、子々姫《ねねひめ》、勝姫《かつひめ》、長丸《ちょうまる》、初姫《はつひめ》、竹千代《たけちよ》、国松《くにまつ》、松姫《まつひめ》。嫡男長丸のみは夭折《ようせつ》してしまったが、竹千代という世子と国松というその控えの男児を産んだ以上、お江与の方の権勢は隠れもないものとなった。お江与の方はその権勢を背景として、奥女中たちにお静に対するさまざまな厭《いや》がらせを仕掛けさせるようになったのだ。

一月下旬、奥御殿ではそれまで対面所に飾られていた鏡餅《かがみもち》を斧《おの》で打ち割り、お江与の方から餡《あん》を添え、重箱に詰めて奥女中たちにふるまう。

お静のもとへ届けられた重箱の底にはなぜか薬包が入っており、それを怪しんだお文《ふみ》というお付きの者が池から掬《すく》った小鮒《こぶな》の桶《おけ》にその薬包から白い粉をふりかけると、その小鮒はたちどころに腹を上にして浮かんできた。

そこで中野の方は知恵を絞り、毒見役として雌猫《めすねこ》のミイを飼うことにした。するとある日、そのミイが首の鈴をチリリと鳴らしてどこかへ行ってしまったと思うと、深夜になってから死体となって中野の方の局に投げこまれた。ミイが口から泡を吹き、舌をだらりと出したまま息絶えているところから見て、この猫は小鮒を殺したのとおなじ毒薬——おそらくは石見銀山と呼ばれる砒霜《ひそう》（砒素を練った猛毒）入りの餌《えさ》を食べさせられたもの、と考えられた。

「近ごろ中野の方さまからの品々は、お静の方付きだったお文さんが届けて下さりますのでね。今お話ししたことのあらかたはお文さんから聞いたところですけれど、どうか御内聞にお願いしますよ」

ざっと話しおえた見性院がそういったことから、信松尼は姉がなぜ自分をまっすぐ茶室へ案内したかを理解した。茶室は、密談するにはもっとも適した空間なのである。

「それで、今お静の方はどうしておいでなのですか」

信松尼がたずねると、

「それがね」

と見性院は首を横に振りながら答えた。

「お気の毒にお静の方さまはこの奥御殿にいるのが怖くなってしまったようで、世話親の中野の方さまが三月初めに宿下《やどさ》がりした隙に、自分も板橋の竹村へ里帰りしてしまわれました。その後はわらわも顔を合わせていないのですが、お上はお静の方さまがいつになっても実家からもどって来ないので、つい先ごろ、お文さんを竹村へやって早く奥御殿に帰ってくるよう強く命じさせたようです。でも、もどって来るのは来春になると思いますよ」

「なぜ、そうお思いになられますの」

と何気なくたずねた信松尼は、

「これもこのお茶室にお文さんを招いて教えられたところですけれど」

と前置きして見性院の語りはじめたところを聞くうちに、顔からさっと血の気が引くのを覚えていた。

すでに神尾伊予は亡くなっていたため、懐妊したお静を迎えた神尾家では、長兄嘉右衛門とその新妻お光《みつ》、神田白銀丁住まいの竹村助兵衛・お栄夫妻、別家を建てていた末弟の才兵衛が家族会議をひらいた。その結果は、

――お静に泣いてもらう。

ということになった。

お静の語ったところから、お江与の方とその意を体《たい》した奥女中たちが強い殺意を育てていることは確実であった。

お静が勝手に里帰りしてしまってからは、嘉右衛門が暴れ馬を操る男に襲われかけるという奇妙な事件があったほか、竹村助兵衛が三人の牢人者から訳もなく喧嘩《けんか》を吹っ掛けられるという出来事もあった。

こういうことがつづくのもお江与の方の意向と思われるが、なぜお江与の方がここまで執念を燃やすかといえば、お静がもし男児を出産した場合、その子がつぎの天下人に指名される可能性がある、と考えているために違いない。この時代には、家督を相続するのは嫡男に限るという考え方はまだ確立されていなかった。

そこで神尾家の人々は、お静には傷ましいことではあるが「月水早流し《げっすいはやながし》」と看板を出した中条流《ちゅうじょうりゅう》の女医者（婦人科医）のもとへ行き、秘伝の薬を服用することによって子堕《こお》ろ

ししてもらう、との一点で意見を一致させたのである。

（あの品の良いお静さんが、そんな目に遭うなんて）

あまりに気の毒で目頭が熱くなった信松尼は、ふたたび見性院にたずねた。

「そういたしますと、お静の方さまは今も板橋の御実家においでなのですか」

「さようです。すこし養生しないといけませんから」

「そうでしたか。お静さんに仏さまの御加護があることを祈りとうございます」

信松尼は、手巾で目を拭ってから静かに両手を合わせた。

第十二章　遠く江戸を離れて

一

神尾静《かんのおしず》の服用した中条流《ちゅうじょうりゅう》の女医者秘伝の薬には母胎をそこなう毒も強いらしく、お静は子が流れてからも長い間枕から頭が上がらなかった。

その間まわりに一度も異変が起こらなかったところをみると、将軍家正室お江与《えよ》の方は神尾家側の対応を知り、満足して刺客《しかく》たちを引き揚げさせたものと思われた。

お静のからだがまだ本復しないうちに、板橋の竹村は秋景色一色となった。西の空に仰ぐ富士の峰は次第に雪を冠し、神尾家の家屋を囲むように立っている欅《けやき》や銀杏《いちょう》の木は日ごと黄金《こがね》色に染まってゆく。

弟の才兵衛《さいべえ》が持ってきてくれる山栗、柿の実、きのこなどを少しずつ口にし、またとろとろと眠る幾夜さを送るうちにお静は、一時は空蟬《うつせみ》となってしまったかと思われた自分のからだが薄紙を剝ぐように日一日と生気を蘇《よみがえ》らせつつあることに気づいた。

しかし、ようやく床上《とこあ》げに踏みきり、ひさしぶりに農作業場を兼ねる前庭を歩いたり兄の嘉右衛門《かえもん》とその妻お光《みつ》がおこなう田畑の野焼きを手伝ったりするうちに、お静はふたたび判断を迫られる事態を迎えた。

かつてお付きの侍女であったお文《ふみ》と井上半九郎《いのうえはんくろう》の家来田中正四郎《たなかしょうしろう》と名乗る者が、不意に神尾家を訪問。居合わせた嘉右衛門、才兵衛に対しては暫時《ざんじ》席をはずすことを求め、ふたりが承諾して囲炉裏部屋から去ると田中正四郎はおもむろにお静にむかって切り出したのである。

「おそれながら大樹《たいじゅ》さま（将軍）におかせられては、こなたさまがお姿を消して以来はなはだその行方《ゆくえ》をお気に懸けられましてな。ことに秋が深まりましてからは、御老女中野《なかの》の方さまに対しても、早うもどるように伝えい、と矢の催促だったとか。ところが御老女さまとしても、御台《みだい》さまの手前、表立って動くことは叶《かな》いませぬ。そこでこれなるお文をわがあるじの母御前《ははごぜ》のお局《つぼね》へつかわしてそれと告げましたることから、それがしにこたびの使者のお役目が命じられた次第でござる。奥向きにていろいろござったことはお文からあらあら聞いておりまするが、ここはひとつ大樹さまの思し召《おぼめ》しでもござれば、まげてお城にもどることを考えては下さりませぬか」

お静にとって、これはまことに意外な口上《こうじょう》であった。将軍秀忠《ひでただ》および世話親をつとめてくれた中野の方に何の断りもなく里帰りしてしまったのに、それを叱責されるのではなく、早く帰ってきてほしい、と使者に懇願されることがあろうとは。

しかし、正月にふるまわれる鏡餅《かがみもち》と餡《あん》の入った重箱の底に毒薬が仕込まれていたり、猫のミィが毒殺されたりしたのは、この一月以降のこと。これはお江与の方が奥医師からお静の懐妊を報じられて憎悪をあらわにした結果起こったこと、と考えられるため、お静は思い切って田中正四郎に答えた。

「お役目まことに御苦労に存じますが、せめて年が明けますまで考えるゆとりを下さいませ、と御老女さまにお伝え下さりませぬか」

むろんこれは、気が進まないと婉曲《えんきょく》に伝えたのである。

だが使者に指名された田中正四郎としては、

「さようでござりますか」

と引き下がっては、何のための使い番か、といわれてしまう。いったんは竹村から立ち去ったものの、あけて慶長十五年（一六一〇）の一月七日にお静が七草粥《ななくさがゆ》の用意をしているとぶっさき羽織《ばおり》にたっつけ袴《ばかま》姿で騎乗してあらわれ、もんぺから赤い前掛《まえかけ》を外して迎えたお静に大真面目な口調で告げた。

「新年おめでとうござる。奥向きへ再出仕いただく件、そろそろお考えもまとまった頃合ではないか、と存じて参上いたしました」

お静は気が優しく控えめな質《たち》なので、このように押しの強さを見せられると、

「もうお断りしたと思いますが」

とはとてもいえないし、相手の使者としての面目《めんぼく》をつぶしては気の毒のような気もした。しかもお静は過去の厭《いや》な出来事を根に持つ性分ではなかったから、秀忠、中野の方、大うばさまが三者三様に自分の帰りを待っていてくれるのかと感じ、並行してお江与の方の悪《あく》辣《らつ》な厭がらせの数々は意識の外へ押しやられた。中野の方付きのお文たちが自分にことのほか気配りしてくれたことも、懐しく思い出された。

そのような気持が、お静にこういわせていた。

「あの、もどりましたなら、みなさまにはどのように御挨拶いたせばよろしゅうございましょうか」

また、お静の将軍付きのお中臈《ちゅうろう》としての生活がはじまった。

ふたたび世話親となってくれた中野の方はほっとした表情だったが、大うばさまの局へ再出仕の挨拶に出向いたとき、お静はその大うばさまがすっかり老けこみ、からだもひとまわり縮んでしまったことに気づいてはっとした。

「あまり、お上《かみ》に御面倒をおかけしてはなりませんよ」

やんわりとたしなめる声からも張りが失《う》せていることから、お静は自分を採用してくれた大うばさまが老い先短い身であることを実感せざるを得なかった。

このふたりとは対照的に、当年三十二歳と男盛りの秀忠は、しばらく会わなかったことからかえってお静に恋着しはじめているようであった。

「そなた、余に断りもせず長い間どこへ行っておったのだ」

ある夜、お静と肌を合わせた秀忠は、

「あるいは宿下《やどさ》がりしたままどこぞへ嫁いでしまったのかと思うて、気が気ではなかったぞ」

と耳元に熱い息を吹きかけながら囁《ささや》いた。

秀忠がお静の懐妊について奥医師から何も伝えられていなかったことは、このことばからもあきらかであった。

――もしも奥女中のうちに身籠《みご》もった者があらわれたときは、第一にわらわに報じるように。

お江与の方は将軍家の子供たちに自分の血統以外の者が加わることなどあってはならぬ、と思うあまり、こう奥医師たちに厳命を下していたに違いなかった。

それでもお静は、お上がそんなにもわたくしめごときのことを案じて下さっていたとは、と思うと、やはり大奥へ帰ってきてよかった、と感じるのであった。

またお静の方付きとされたお文は、以前にもましてよく仕えてくれた。お江与の方の厭がらせも帰参後はふっつりと絶えていたから、当初はどこかで身構えていたお静の心も、やわらかな日の光を浴びた春の淡雪《あわゆき》のように少しずつ溶けていった。

それはひとつには、お静が自分をもはや石女《うまずめ》になったものと思いこんでいたためでもあった。中条流の女医者からもらった秘伝の薬を服用しておなかの子を流した女には、二度と身籠もることのできない体質になってしまう者が少なくない、とお静は聞いていた。

自分が石女になったものとみなすことは、女として悲しくないわけでは決してなかった。

だが、秀忠の寵愛を受け、懐妊したためにこそお江与の方の殺意の対象にされたことを思えば、石女となってなお大奥勤めをしていた方が安穏《あんのん》だ、ということになるような気もする。

しかし、——。

石女になった、というのはお静の勝手な思いこみに過ぎないことがまもなくはっきりした。

月に一、二度の割合で秀忠からお添い寝の命を受ける暮らしをつづけ、また紅葉の季節を迎えたころのこと。お静はこのところ、月の障《さわ》りが滞っていることに気づいた。

前後して時々不意に吐き気に襲われ、酸っぱいものがほしくなるという悪阻《つわり》特有の兆候もあらわれたから、ふたたび秀忠の子を身籠もったことはあきらかであった。

だが、お文ですらまだ気づかないうちに、お静は懐妊を中野の方にも報じないことに決めた。中野の方に打ちあければ奥医師の診断を受けなければならなくなり、その奥医師からお江与の方に御注進がいって自分の身がまた危うくなることは目に見えている。

では、どうすればよいのか。それを決めるのに、さほど余裕が残されていないことだけはよくわかった。

近日中に秀忠からまたお添い寝の命が伝えられたとしても、悪阻の兆候があらわれている以上拝辞するしかないし、それが二度、三度とたび重なれば周囲が懐妊と気づくのにさほど日にちはかかるまい。

思いは千々《ちぢ》に乱れたが、夢がお静にどうすべきかを教えてくれた。

餅と餡の重箱の下からあらわれた薬包。その薬包に入っていた白い粉を小鮒《こぶな》の泳ぐ桶《おけ》に振りかけると、たちどころに白い腹を上にして浮かんできたその小鮒はすでに丸い口もエラもぴくりとも動かさなくなっていた。そして、舌をだらりと出したまま息絶え、中野の方の局に投げこまれた雌猫《めすねこ》のミイ。

夢にあらわれたこれらの映像からお静が感じたのは、竹村にいたころの自分が中野の方、大うばさま、お文らの優しさを懐しく思うあまり、お江与の方の人殺しをも辞さない恐さを軽視し過ぎていた、という事実であった。

そうと気づいたお静は、ようやく決意した。

——やはりわらわは、竹村の実家に帰りましょう。そして、この大奥には金輪際《こんりんざい》もどらない。おなかの和子《わこ》さまのことは、竹村へもどってから考えても遅くはないでしょう。

二

翌朝、老女格の者であることを示す白地《しろじ》半文様《はんもんよう》の打掛《うちかけ》を羽織った中野の方の前へ進み出たお静は、染め紋付《もんつき》にやの字結びの帯を胸高《むなだか》に締めたからだをふたつに折り、三つ指をついて暇乞《いとまご》いの許しを求めた。

「まあ、急に何をおいいかえ。帰参してまだ一年もたたぬと申すに、また心変わりいたすとは」

　いつもは濃い化粧に表情を隠している中野の方も呆《あき》れ返ったようにいい、

「そもじ、お上か御台さまとの間に何かあったのかえ」

　と探りを入れてきた。

　しかし、お静は一晩の間にすっかり覚悟を決め、どう思われましょうと致し方のないこと、と思い定めている。

「やはりわたくしは野面《のづら》育ちでございまして、かような高貴な御殿への御奉公は水に合いませぬことがようわかりましてござります。今後は兄弟たちの野良仕事など手伝いながら田舎で生きてゆきとうございますれば、卒爾《そつじ》なる申しようではござりまするが、どうかこの段、ひらにお許し下さいますよう」

　懐妊のことはだれにも告げるまい、とほぞを固めていたお静は、頑《かたく》なにこの台詞《せりふ》で押し通した。とはいえ真実を告げられないことはやはり心苦しく、口上を述べるうちにお静はいつか根結《ねゆ》いのおすべらかしにした黒髪を震わせていた。

　それを中野の方は、別の意味に受け取ったらしかった。

「そうでしたか。そもじはさようにつらい思いをしていたのですか。まあいろいろなことがありましたから、身を引きたいというのも致し方ないことなのかも知れませんなあ」

つづけて中野の方がつけた注文は、ならば大うばさまや比丘尼《びくに》屋敷の見性院《けんしょういん》さまにはきちんと別れの挨拶をしてゆくこと、お上には折を見て自分から言上《ごんじょう》する、ということだけであった。

「ありがとうございます。どうか御老女さまもおすこやかに」

と答えて淋しいほほえみを浮かべたお静が、荷物をまとめてひっそりと江戸城を退出したのはその翌日のことであった。

竹村では嘉右衛門・お光夫妻が迎えてくれたが、お静がふたたび秀忠の子を身籠もったこと、大奥へは二度ともどりたくないことを伝えると、嘉右衛門は前回の里帰りのときと同様きびしい表情になった。

結局、またしても神田白銀丁《かんだしろがねちょう》住まいの竹村助兵衛《たけむらすけのひょうえ》と弟の才兵衛を招き、家族会議をひらいて方針を決めることになったものの、嘉右衛門と助兵衛はこもごも悲観的な見立てを口にするばかりであった。

「そなたがふたたび大奥から姿を消したと知れば、御台所はまた身籠もったためであろう、と目星をつけるに違いあるまい」

「となれば、そなたの里帰り先はこの竹村と知っておる御台所は、またしても刺客を放って良からぬことを企《たくら》むかも知れぬ」

そして嘉右衛門は、囲炉裏を囲んだ男たちより少し離れた下座《しもざ》に顔を俯《うつむ》けていたお静に向き直って告げた。

「お静よ、聞いての通りだ。薄情な兄と恨まれるかも知れぬが、またも御台所に睨《にら》まれては北条家牢人たるわれらはこの板橋では生きてゆけなくなるだろう。こたびも水に流したてまつるしか仕方あるまいと思うがどうだ」

お静はそういわれても、素直にうなずく気にはとてもなれなかった。このときお静の胸の内に交錯していたのは、ふたつの思いにほかならなかった。

——またおなかの和子さまを水としてお流ししたら、今度こそ本当に子の産めないからだになってしまう。女の身としてそれは哀しい。

——それに不義の子でもない和子さまを、なにゆえふたたびお流ししなければならないのか。

灯火の届きにくいところに悄然《しょうぜん》とうずくまっていたお静は、大奥どころかこの竹村の実家にも身の置き所はないのだと感じ、思わず手巾《しゅきん》を目に当てていた。

するとそのとき、お静に背を向けて末座に胡座《あぐら》を組んでいた弟の才兵衛が大月代茶筅《おおさかやきちゃせん》に結い上げた髷《まげ》を揺らし、

「ちょっと、お待ち下され」

と兄を制して堂々たる口調で弁じはじめた。

「いやしくも姉上のおなかの子の父親は、現将軍ではありませんか。ほかならぬその将軍家との間に生《な》したる和子さまを、御台さまにはばかりあるとて一度ならず二度までも水としてお流したてまつるとは、天罰を恐れぬ所業といわねばなりますまい。見れば姉上も、こたびばかりは人目を忍んででも産みまいらせたいと思ってお城から逃れきたった御様子。この才兵衛は、姉上のお心のままにさせてあげとうございます」

嘉右衛門と竹村助兵衛がなおもこの意見をよしとしなかったため、座は険悪な空気となりかけた。

才兵衛はこれらふたりときつい口調で口論をつづけた挙句《あげく》、

「姉上、かような御仁のいうままになっていては、人倫の道を踏みはずしてしまいます。さ、それがしと一緒にこの家を出ましょう」

といって席を立ち、戸口の三和土《たたき》へ向かった。

お静が小走りにそのあとを追ったのは、咄嗟《とっさ》にこう思案したためであった。

――ここに残ればまたあの薬を飲まなければならないけれど、才兵衛さんと一緒にゆけばどこかで人知れず、ややを産むことができるかも知れない。

いったん自分の掘立《ほったて》小屋にもどった才兵衛は、お静には笠と草鞋《わらじ》を与え、自分は父の形見の大小に柄袋《つかぶくろ》をかぶせると、手甲脚絆《てっこうきゃはん》をつけて手早く旅仕度をした。才兵衛の二重まぶたの両眼には輝きがあり、よく張った頤《おとがい》には強い意志が感じられて、お静はようやく二十歳を過ぎたばかりの弟のあらたな一面を知らされた思いであった。

板橋でお静のために駄賃馬を雇い入れた才兵衛は、馬体右側に身を寄せて黙々と中仙道《なかせんどう》を日本橋の方角へ向かいはじめた。左右にひろがる黄金色の稲田は刈り入れの最中だったが、本郷《ほんごう》から湯島《ゆしま》に近づくと少しずつ茅葺《かやぶ》きの民家がめだつようになる。

この道をまっすぐゆけば、土地を均《なら》されて武家地とされた神田台。それを過ぎると、神田白銀丁の町屋に入る。

もしや竹村家に姉を訪ねるのでは、とお静が思って助兵衛に嫁いでいるお栄《えい》に会いにゆくのかと才兵衛にたずねると、そうです、とかれはあっさり答えた。

「姉上がお城におもどりになったあと、それがしは何度か白銀丁に顔出しいたしたのですが、上の姉上はいつも姉上が里帰りなさったときのことを口にして、涙を流しながらいって下さいました。自分が竹村に一緒にいたら、そんな不憫《ふびん》な真似は絶対させなかったのに、と」

才兵衛は、助兵衛が竹村に行っている隙にお静をお栄に託すことができれば、お静に同情的なお栄は承諾してくれるに違いない、と踏んでいた。

この期待は図に当たり、小さいころからお静とよく似ているといわれていた器量良しのお栄は、死んだ義父の部屋が空いているからそこをお使いなさい、そなたは丈夫なややを産むことだけを考えるようにして、あとのことはわらわに任せなさい、と一児の母らしく優しくお静を迎えてくれた。

しかし、お栄がお静を受け入れてくれるとわかった時点で、才兵衛はふたりに別れを告げた。その理由は、つぎのようなものであった。

「兄上と助兵衛殿に無礼な口をきいた以上、それがしは当分姿を消すべきでしょう。これより上方《かみがた》へ走って霊験《れいげん》あらたかな古寺名刹《めいさつ》をまわり、姉上の安産祈願をいたしてまいります。御両者には、どうかあしからずおとりなし下さい」

才兵衛は次姉お静にちゃんと子を産んでほしく思って願《がん》をかけることにし、まだ見ぬ西国筋をめざす、というのであった。

三

竹村助兵衛はどこかで酒を飲んできたらしく、白銀丁の四条藤《しじょうとう》右衛門《えもん》所有の地面内にある家にもどってきたのは日もとっぷりと暮れてからのことであった。

助兵衛はお静が先まわりして自宅にきているのを見て驚いたようだったが、

「折り入ってお願いいたしたい儀がございます」

と前置きして妻お栄がお静との約束、才兵衛の旅立ちについて伝えると、情にほだされたのか何も文句はつけずに寝室へ入っていった。

お静と才兵衛の動きは、翌日のうちには神尾家の当主嘉右衛門の知るところとなった。妹と弟が竹村からいずこへ立ち去ったのかと案じた嘉右衛門自身が、白銀丁へやってきたためである。

黙って俯いているお静を見やりながら助兵衛とことばを交わしたかれは、

「そうか」

と、ひとつ大きくうなずいてからいった。

「舎弟の才兵衛が、野に寝、山に臥《ふ》していずこに朽ち果てるやも知れぬ行脚《あんぎゃ》の旅に上ったと申すに、われらふたりがただ手をこまねいていたとあっては、かつて北条家に仕えし者の士道に悖《もと》る。どうだ、助兵衛殿」

「いや、嘉右衛門殿。それがしも昨晩から、それを考えていたところだ」

助兵衛が力強くうなずき返したのは、かれも北条家牢人のひとりだからである。かれは、つづけた。

「かくなる上は、もはやこれ以上腰を引いてはおられまい。たとえお静殿の件によって一族ことごとく磔刑《はたもの》に架けられようと、北条武士の名にかけて和子さまをあたう限り守りぬこうではござらぬか」

急転直下の展開にお静が驚き、かつうれし涙に曇る瞳をまたたかせてお礼のことばを口にするうちに、長兄と義兄とが思案しはじめたのは、

「和子さまが無事御誕生となられた暁《あかつき》には、やはり将軍家に届け出ねばなるまい」

という点についてであった。現将軍の実の子を父《てて》なし子として育てては、あまりに畏れ多い。

しかし、北条家旧臣のふたりは幕臣たちとは交流がなく、このような場合には何をどうすればよいのかさっぱりわからなかった。

思いあぐねたように大月代茶筅髷を振った嘉右衛門は、おお、そうだ、という目つきでお静に目を当てた。

「これ、お静。長い間お城に奉公していたのだから、われらよりそなたの方が何か存じ寄りがあるのではないか」

お栄も席につらなったため、お静は三人の視線が集中するのを感じてどぎまぎしながら

も懸命に考えてみた。

中野の方や大うばさまには懐妊のことを伝えていないのだから、いまさらその力にすがろうというのは身勝手に過ぎるようで気が引ける。それに、大奥への伝手《つて》をたどっては結局のところお江与の方の耳に入ってしまいそうで、とてもその気になれない。

――すると、あのお方にお知恵をお借りするしかないのかも知れない。

そう考えてお静が思い浮かべたのは、江戸城北の丸の田安門《たやすもん》内、比丘尼屋敷におこない澄ましている見性院の穏やかな面影であった。一度、見性院の茶室で同席したその妹信《しん》松尼《しょうに》の品の良い面差《おもざし》にも、お静は忘れ難いものを感じていた。

「そういえば」

と前置きしてお静がこの甲州武田家の姉妹とわずかながらつきあいがあったことを口にすると、嘉右衛門、助兵衛、そしてお栄の三人は目をまるくした。

武田信玄《たけだしんげん》といえば、かつては北条氏の本拠地小田原城へ攻め寄せたこともあり、元亀二年（一五七一）末には一転して北条氏と同盟したこともある戦国の英雄のひとりだから、北条家の旧臣たちもその名はよく知っている。とはいえその同盟の締結からかぞえても四十年の歳月が流れ、武田家と北条家がともに滅びてひさしい今日、信玄の姫君ふたりがなおも尼僧として生きている事実は江戸市中にはまったく知られていなかった。

「その見性院さまとやらにひそかに事情をお伝えいたし、お力をお借りするにしくはあるまい」

との一点で嘉右衛門と助兵衛は意見を一致させたので、ともかくお静が御無沙汰のお詫びを兼ねて見性院に書状を認《したた》めることになった。むろんその書面では、お静が秀忠の子を懐妊している事実も伝えるものとされた。

その手紙は念のため助兵衛の知り合いに託され、紙片につつんだ粒銀を礼金として田安門の門番へと手わたされた。

見性院は驚くほどすみやかに反応し、中間《ちゅうげん》に返書を白銀丁に届けさせる一方で、もうひとつ別の手段も講じることにした。

信松庵の庫裡《くり》の一室で写経をしていた信松尼に対し、玄関口から中庭へまわりこんできた何阿弥《なにあみ》が回廊を隔てて来客のあることを伝えたのは、慶長十五年（一六一〇）もやや押しつまり、からっ風の吹き荒れた日の夕刻のことであった。

「どなたさま」

筆を硯箱《すずりばこ》にもどした信松尼が問うと、縁先に片膝立ての姿勢をとって控えていた何阿弥は答えた。

「はい、武田見性院さまの御家来にて、有泉五兵衛《ありいずみごへえ》さまと名乗っておいででござります」

「まあ、見性院さまの。すぐに出会いの間へお通ししてたもれ」

と応じて信松尼が硯箱に蓋《ふた》をしたのは、

(見性院さまがわざわざお使者をお寄越し下さるとは、何かあったのかしら)

と感じて胸騒ぎがしたからである。

ぶっさき羽織に「五《いつ》ツ蕨手《わらびて》の内桔梗《うちききょう》」の紋を打っている有泉五兵衛は、信松尼が少し遅れて入室すると下座に深々と頭を下げて出迎えた。

「遠くまでいらしていただきました。有泉とおっしゃいますと、本貫《ほんがん》の地は甲州か信州ですね」

上座に正座した法衣《ほうえ》に白い頭巾《ずきん》姿の信松尼がたずねたのは、五兵衛がちょっと緊張し過ぎているように感じられたためであった。

「はい、当家は先祖代々甲州の産でございまして、亡父は穴山梅雪《あなやまばいせつ》さまの手に属しておりました」

武田家譜代の臣だからこそ、有泉五兵衛は信玄の末の姫君への使いを命じられて身をこわばらせていたのだ。

「そうですか。その御縁で今は見性院さまにお仕えしておいでなのですね」

「さようでござります。ところで本日はあるじから書状を預かってまいりましたので、どうかお目通し下さりませ」

五兵衛は襟《えり》の合わせ目から半ば覗《のぞ》いていた油紙の包みを抜きとり、その包みから二通の書状を取り出して信松尼の膝の前へすべらせながら告げた。

「一通は、あるじからこなたさま宛。もう一通は、あるじから神尾静と申す元奥女中だった方に出した書面の写しでござる」

思いがけずお静の名が出たことから、信松尼は見性院とお静の交際がなおもつづいていることを知り、まず自分宛の書状をひらいてみた。

そこに書かれていたのは、いったん大奥へもどったお静がふたたび懐妊して宿下がりし、神尾家の総意として今度は何としても出産にこぎつけたい、と覚悟を決めた。そして今は神田白銀丁に潜み、見性院に助けを求めてきたのだが、自分としては動きにくい。そなたがわらわに代わり、助けてやってはくれまいか、という内容であった。

しかし、信松尼がどう動けばお静を助けることができるのか、という点にまでは筆が及んでいない。

ややもどかしさを感じた信松尼は、すぐに見性院発、お静宛の書面の写しを手にして黙読しはじめた。

見性院は、女性らしく平仮名の多いおおどかな筆致で書いていた。

「……そもじがお上付きに上げられましたることは、大うばさま付きの者から聞いておりました。大うばさまがおうれしそうにしておいでともうかがいましたことゆえ、そもじもお幸せになったものと思い、ひそかに喜んでおりましたのに、一度ならず二度までも奥御殿を逃れねばならぬという憂《う》き目《め》を見ておいでとは、なんと申せばよろしいものやら。わらわも将軍家のおせわになっている身でございまして、しかも六十歳をはるかに越えた老いの身なれば表立って助けまいらせることのできませぬのは口惜《くちお》しきことなれど、近々また信松尼が八王子から顔を見せてくれるはず。その信松尼にわけを伝え、そもじのもとをおとなわせますので、今後のことは信松尼と相談してはくれますまいか。それまでにわらわもどのようにすればそもじのお役に立てるかよく考えてみましょうほどに、なにとぞ御身《おんみ》お大切におすごしあるよう、……」

この文面からすると、見性院はまだ具体的にどのような方法によってお静の身を守るかということまでは考えてはいないようであった。しかし、

「窮鳥《きゅうちょう》懐《ふところ》に入れば猟師もこれを殺さず」

との教えは武門の女たちにもあまねく知られたところであり、見性院がお静を助けたいと考えて信松尼を頼るに至ったのは自然な発想と思われた。

「拝見いたしました」

膝の上に重ねた二通の書状から目を上げた信松尼は、有泉五兵衛に単刀直入にたずねた。

「見性院さまは、わらわにお屋敷へ来てほしいと思《おぼ》し召《め》しておいでのようです。そこもとは本当はわらわに書状を届けるだけのお使者ではなく、わらわを見性院さまのお屋敷へつれてゆくことを命じられてやってきたのではありませんか」

「はい、仰せの通りでございます。もしもお出ましいただけますならそれがしと外に待たせてある若侍《わかざむらい》とがお供をいたしますので、あるじの願いをどうかお聞き届け下さりませ」

ふたたび深々と頭を下げた有泉五兵衛の堂々たる体軀《たいく》からは、何としても見性院の意に添わなければ、という使者特有の懸命さが滲《にじ》み出ていた。

「わかりました。それでは御一緒することにいたしますけれど、留守中のことにつきちょっと指示をしておかなければならないこともありますので、少しお待ち下さい」

すいと席を立った信松尼は、足音も立てず廊下へ出ていった。

四

有泉五兵衛とその供の若侍が、法衣に脚絆草鞋姿、面体《めんてい》を饅頭笠《まんじゅうがさ》に隠して杖を手にした信松尼と何阿弥を田安門内の比丘尼屋敷へ案内したのは、慶長十五年（一六一〇）師走《しわす》なかばのことであった。

白い頭巾を着用した信松尼は、お湯で足を洗わせてもらってから一室に案内されて衣装を改め、すぐに見性院の御座《ござ》の間《ま》へ通された。

やはり頭巾と法衣をまとっている見性院は、

「そもじ、よう来て下さいました」

といったかと思うと席を立ち、末座からお辞儀をしようとした信松尼の手を取って愛《いと》しそうにその甲を撫《な》でさすった。これは、母は異なるとはいえ姉妹ならではの情愛の表現である。

互いの体調をたずね合ったふたりはともに持病がないことを喜び、信松尼にお茶と茶菓子が供されるのを待って見性院からお静の二度目の里帰り以降のことが伝えられた。

「それはお静さんも、さぞやおつらかったことでしょう。でも、神尾嘉右衛門さまと竹村助兵衛さまが御出産反対の意向を取り下げて下さってほんによろしゅうございました」

信松尼が素直に感想を述べると、見性院も茶を一口啜《すす》ってから答えた。

「わらわもさように感じましたためお静さんをなんとかお助けしなくてはと思い立ったの

ですけれど、老いの身には意のままにからだを動かせないこともままありますので、そもじの手を借りられたらと考えついたような訳でした」

「はい。そのお志《こころざし》につきましては、有泉五兵衛殿からお受けした書状によって委細承知つかまつりましてござります。わらわも、喜んで見性院さまのお手伝いをさせていただく所存にて八王子から出てまいりました。それにいたしましても、お静さんに無事に和子さまをお産みいただくとは、どこか御台さまには決して気づかれぬ土地にお静さんをおつれして無事に産月《うみづき》をお迎えいただく、ということでございましょう」

「仰せの通りです。どうも御台さまには酷薄な一面がおありのようですから」

「どうもそのようでございますね。それではわらわはお静さんをいずれかの地に匿《かくま》う役目をお引き受けすることにいたしましょう。けれどわらわは、江戸御府内《ごふない》と申しますとこのお屋敷と内神田の紺屋町《こんやちょう》ぐらいしか存じませんので、遠く江戸を離れた土地にお静さんを匿うといたしますとまったく当てがございません。見性院さまは、このことについてはいかが思《おぼ》し召《め》していらっしゃいましょうか」

信松尼の問いに、

「ええ、そのことはそもじの庵《いおり》に有泉五兵衛を向かわせる前から考えておりました」

と、見性院は即座に答えた。

「前にお伝えしたと思いますが、目下《もっか》、わらわが徳川家からいただいている知行《ちぎょう》は六百石でしてね、この六百石のお米を刈り入れられる采地《さいち》（知行所）は武州《ぶしゅう》足立郡《あだちごおり》の大牧《おおまき》の里のうちにありますの」

「街道で申しますと、どの辺になりましょうか」

また信松尼がたずねると、

「中仙道の浦和《うらわ》宿《しゅく》の近くになります」

すらりと見性院は答え、この采地の内にお静さんを匿えば決して人目にはつきません、と自信たっぷりにつづけた。

「もうひとつだけ教えて下さりませ」

信松尼が確かめておきたかったのは、大牧の里の采地の内にお静と自分がひっそりと暮らすことのできる屋敷があるかどうか、という点であった。

するとと見性院は、おや、というように目を瞠《みは》って聞き返した。

「有泉五兵衛は、わらわの代官としていつもは大牧の里の知行地に住んでいる者ですからこそ、そもじをお迎えする役に指名したのです。五兵衛は、そのことをそもじにお伝えしなかったのですか」

信松尼が八王子から出府《しゅっぷ》してきたら、有泉五兵衛に案内させてお静と信松尼とを大牧の里へ潜ませる。信松尼が五兵衛の訪問を受ける以前に、見性院はそう計画を立案していたのであった。

「はい、五兵衛殿が采地のお百姓たちを宰領《さいりょう》するお役の方とはうけたまわりましたが、その采地の大牧の里がどこにあるかはうかがいませんでした。あるいは武州足立郡の内と聞きましたのに、見知らぬ地名なのでわらわが聞くそばから忘れてしまったのかも知れません。どうか五兵衛殿を叱らないで下さりませ」

信松尼は答え、明日のうちに神田白銀丁のお静と合流してその五兵衛に大牧の里への案内役をつとめさせる、という手順を決めていった。

浦和宿は、江戸からは六里（二三・六キロメートル）、板橋宿からは三里二十一町（一四・一キロメートル）の距離である。

（お静さんは江戸と板橋宿の間は何度も往き来《ゆき》したことがあるようだから、馬を雇えば浦和宿へもゆけるのでは）

と考えた信松尼は、翌日の巳《み》の刻《こく》（午前十時）、有泉五兵衛、その下役の若侍、何阿弥とともに神田白銀丁を訪問。前夜のうちに見性院が、

「明日、信松尼さまが御身をお迎えにゆきます」

と使者の口から伝えさせていたこともあり、旅姿で待っていたお静と無事に対面を果たすことができた。

お静は信松尼が本当に救い主としてやってきてくれたと知って胸が一杯になったらしく、

「ああ、信松尼さま」

と涙声を出すと、土間にひざまずいてその姿を拝むばかりであった。

竹村助兵衛・お栄夫妻とも挨拶し合った信松尼は、

「それではしばらく、お静さんをお預かりします。吉報を待っていらして下さいね」

と、たおやかな顔をふたりにむけて別れを告げた。

丸襟の被布《ひふ》をまとって笠に面体を隠したお静は、すでに悪阻《つわり》の時期はおわっていたので、駄賃馬の背に揺られてもからだに障りはないようであった。

一行があえて板橋宿郊外の竹村には立ち寄らずにまっすぐめざした武州足立郡の大牧の里は、志村《しむら》から枯れ薄《すすき》のめだつ一面の原野の間を北上して戸田《とだ》の渡しによって荒川《あらかわ》を越え、さらに浦和宿の細長い町並を東へ抜けたところにひろがっていた。

東側は次第に土地が低くなって黒い土も砂まじりになり、その中を芝川《しばかわ》という名の荒川の支流が北から南へ流れている。竹村よりも一段と草深いこのあたりでは、芝川の水に頼って田を作っているのだった。

その先、大牧の里の見性院の采地の内にある有泉五兵衛の屋敷は茅葺きの質朴な造りであったが、敷地の北側から西側にかけて鉤《かぎ》の手《て》型に屋敷森に囲まれているのが、信松尼やお静には珍しく感じられた。北の足尾《あしお》山地、北西の三国《みくに》山地、そして西方はるかに雪を冠している秩父《ちちぶ》山地から寒風が吹きつけてきて土をも飛ばすこともままあるので、このあたりでは一軒ごとに防風林が必要なのである。

五兵衛の屋敷には、その妻とまだよちよち歩きの金弥《きんや》という愛くるしい男の子が五兵衛の帰りを待っていた。また、別棟の長屋には手代《てだい》という身分の数家族が住んでいた。

これらの者たちにとって見性院の命令は絶対だから、その妹の信松尼がきたと知るや手代たちは全員紋羽織《もんばおり》をつけて出迎えのため門前にあらわれる律儀《りちぎ》さを見せた。

先頭に立ってこの者たちに近づいた五兵衛は、編笠《あみがさ》を取って重々しく命じた。

「ゆえあって信松尼さまとお静の方さまは、当分の間この地に御逗留《ごとうりゅう》あそばされる。ただし、御両人さまがこの地へお運びあそばされたことはきっと他言無用といたし、いかなる者も近づけては相ならぬものと心得よ」

すると、出迎えのひとりが即座に答えた。

「うけたまって候《そうろう》。われらも武田武士のはしくれなれば、猫の仔一匹通しはいたしませぬて」

見性院の家来たちは八王子に土着した武田家の遺臣団とおなじく、なおも甲州武田家の家臣の血筋であることを誇りとして大牧の里に暮らしているのであった。この日からお静は信松尼とともにこれらの男たちに守られることにより、ようよう心の平安を得たのである。

五

信松尼とお静が寝起きするようになったのは、有泉五兵衛の屋敷の奥座敷二間《ふたま》であった。お静は信心深い性格であり、信松尼が経机《きょうづくえ》に向かって朝の勤行《ごんぎょう》をはじめると、隣室からやってきて勤行を学ぼうとした。

「そういえば、この先の大宮宿《おおみやしゅく》に氷川明神《ひかわみょうじん》という由緒あるお社《やしろ》があるそうです」

と信松尼がお静に語りかけたのは、慶長十六年（一六一一）の正月もおわるころのことであった。

「そもじの安産祈願をしてまいりたいと思うのですけれど、よろしければそもじも御一緒して願文《がんもん》をたてまつってはいかがかしら。きっと御利益《ごりやく》がありますよ」

そのことばに、お静はこくりとうなずいていた。

――晴れて身ふたつになる日まで、御台さまの手の者があらわれたりしないでほしい。

――生まれてくる和子さまは、いつも鶏を追いかけている金弥さんのようにすこやかなお子に育ってほしい。

大牧の里にきてようやく心落ちついたとはいえ、お静には神に祈りたいことがたくさんあった。

大宮宿の氷川明神は、武蔵国《むさしのくに》の一の宮である。明日その氷川明神に参拝すると決めた日の午後、お静は下書きした願文を信松尼に見せて添削を乞うた。

「うやまつて申す　祈願の事」

と題されたその願文は、つぎのようなものであった。

南無《なむ》氷川大明神、当国の鎮守として／跡《あと》をこの国に垂れたまひ、衆生《しゅじょう》あまねく助け／たまふ。ここにそれがし卑しき身として／大守（将軍）の御思ひ者となり、御胤《おたね》を宿して／当四、五月のころ臨月たり。しかれども／御台嫉妬の御心深く、営中（江戸城内部）に居ることを／得ず。いま信松禅尼のいたわりによつて身を／このほとりに忍ぶ。それがしまつたく卑しき／身にしてありがたき御寵愛を蒙《こうむ》る。神／罰としてかかる御胤をみごもりながら住所に／さ迷ふ。神命まことあらば、それがし胎内の／御胤御男子《なんし》にして安産守護したまひ／ふたりとも生をまつとうし御運をひらく／事を得、大願成就なさしめたまはば／心願のことかならずたがひたてまつるまじく候《そうろう》なり。

慶長十六　二月　　志津

お静の「静」を平仮名で書くと「しづ」だが、この時代の女性たちの学ぶ変体仮名では、「し」には「志」、「づ」には「津」の崩し字を用いる。だからお静は、「しづ」と署名したつもりで「志津」と書いたのである。

「はい、拝見しました。よく意味が通っておりますし、きれいな文字遣いですね。清書なされば一段と映えて、きっと神さまもお願いをお聞き届け下さることでしょう」

経机に向かって願文を一読した信松尼が法衣の膝をまわして背後に控えていたお静にいうと、

「それでは、お清書をしてまいります」

つましい小袖《こそで》姿のお静は、はにかんだように頭を下げて自室へもどっていった。

その後姿を見やりながら、信松尼はひそかに胸を高鳴らせていた。

なぜにわかに胸が高鳴るのか。その理由を信松尼はよくわかっていた。信松尼はまだ松《まつ》姫《ひめ》と名乗っていた時代に、「うやまつて申す　祈願の事」と題された切々たる内容の願文を読んだことがあった。その記憶が不意に甦《よみがえ》ってきて、信松尼に深い淵《ふち》を覗くような気分を味わわせつつあったのである。

その「うやまつて申す　祈願の事」とは、今からもはや二十九年前のことになる天正十年（一五八二）二月十九日、すなわち武田勝頼《たけだかつより》が甲州韮崎《にらさき》の新府《しんぷ》城を去る直前に、その正室北条《ほうじょう》夫人が武田八幡宮《はちまんぐう》に捧げた願文であった。そのときまだ新府城にいて松姫と称していた信松尼は、北条夫人から文言《もんごん》を見てくれるよう頼まれたため、なおもその一部を諳《そら》じることができる。

「ここに不慮の逆臣出《いで》きたつて国家を悩ます。よつて勝頼、運を天道にまかせ、命をかろんじて敵陣にむかふ」

と神に対して万策尽きつつある状況を報じた北条夫人は、みずからの切迫した胸のうちを吐露《とろ》し、夫の勝利を祈願してつぎのように書いていたものであった。

「我もここにして、あひともにかなしむ涙、又闌干《らんかん》たり。……神慮まことあらば、運命此《この》ときにいたるとも、ねがはくば霊神《れいじん》ちからをあはせて、勝つ事を勝頼一しにつけしめたまひ、敵《あだ》を四方《よも》にしりぞけん。……右の大願成就ならば、勝頼、我ともに社壇みがきたて、廻廊建立《かいろうこんりゅう》の事。

うやまつて申す。

天正十ねん二月十九日

源勝頼内」

北条夫人のこの願いは叶わず、勝頼・北条夫人夫妻は三月三日に新府城を焼いて笹子《ささご》峠《とうげ》入口に近い田野《たの》まで逃れたものの、織田家の部将たちに囲まれて自害して果てたのである。

信松尼は塩山《しおのやま》の向嶽寺《こうがくじ》に潜んでこの凶報を伝えられたときの気持をまざまざと思い出し、北条夫人とおなじく「うやまつて申す　祈願の事」を認めたお静にだけはせめて願いを叶えてあげたい、と切に思うのだった。

この年の二月一日は今の暦なら三月十五日にあたるため、大牧の里から大宮宿へ向かう道筋に多い欅の木は早くもみずみずしい若草色に芽ぶいていた。

有泉五兵衛のつけてくれた紋羽織姿の若い手代ふたりに先導され、大きな鳥居をくぐって少しゆくと、水ぬるみ清げな瀬音を立てる流れに太鼓橋が架かっていた。

信松尼が饅頭笠のへりを持ち上げて正面を見つめると、地味な小袖に手甲脚絆を着け、市女笠《いちめがさ》をかぶって細身の杖をついていたお静も、市女笠のへりに右手を掛けて本殿を仰いだ。その本殿は二階建てで、朱塗りの丸柱に支えられるようにして建っていた。

信松尼と肩を寄せ合ってその本殿へすすみ、長い間祈りを捧げたお静は、帰途社務所に立ち寄り、

「安産祈願でございます」

と神職に告げて、封印した願文と祈禱料《きとうりょう》とを差し出した。

この参拝によってお静は胸のつかえをすべて吐き出してしまったようにすっきりとしたらしく、信松尼や五兵衛の妻に産着《うぶぎ》やおしめを縫うのを手伝ってもらいながら花の季節を迎えた。

見性院の使い番の者がやってきたのは、屋敷森に混じる山桜もあらかた散り敷いた日のことであった。

その使い番が信松尼に差し出した書状は、まさしく朗報であった。見性院は、躍るような筆致でこう書いていた。

「おふたりともお変わりないようで、祝着《しゅうちゃく》に存じております。こちらにても、ようやく喜んでいただけることができました。

先ごろ土井大炊介《どいおおいのすけ》さまにひそかに事情をお伝えいたしましたところ、和子さま御誕生の暁《あかつき》には、ともかく大炊介さまに御注進いたしさえすれば大炊介さまから上さまに申し上げて下さる、とのお約束をいただいたのです。

となると大牧はあまりに遠く、医師もおらぬ里にて不安でもあり、いま少し打ち合わせいたしたきこともあれば、産月《うみづき》が迫ったならば白銀丁へおもどりあることをおすすめします。大炊介さまは、いざとなれば町奉行を動かしてもよい、とまでおっしゃって下さいましたから、もはや安堵《あんど》してよろしいでしょう。お返事を」

土井大炊介とは下総佐倉《しもうささくら》三万二千四百石の藩主であり、幕府の老中のひとりでもある土井利勝《としかつ》のことである。少年時代から秀忠に仕えている利勝は、関ヶ原合戦の際にも秀忠に同行。絶対の信頼を受けていたから、この人物が協力を約束してくれたなら百万の味方を得たも同然であった。

「けど、そもじはどうお思いかしら。江戸へもどるのは、恐くはありませんか」

その書状をお静に見せた信松尼は、お静が文面を読みおわるのを待って問い掛けた。

このときの信松尼は三日月形の眉に一抹の不安を湛《たた》えていたが、お静はその信松尼に書状を返すとしっかりした口調で答えた。

「いいえ、恐くはございません。ここまでまいりましたからには、なにごとも見性院さまのお指図通りにいたしとう存じます」

「わかりました。わらわと一緒に、氷川明神の御加護があることを信じましょうね」

やわらかくほほえんだ信松尼は、別室に控えていた使い番の者を請《しょう》じ入れて告げた。

「わらわどもは仰せの通りにいたしますから、前もって白銀丁へお伝え下さることだけお忘れなく、と見性院さまにお伝えしてたもれ」

そのあと信松尼とお静は、女の身ながら迅速に動いた。

「白銀丁は、いつでもお迎えしたいが隠居部屋を産室に改築する少しの間だけお待ち願いたい、といっている」

と、ふたたび見性院が言い寄こす前に荷物を整理。いつでも大牧の里を出立《しゅったつ》できる用意をしておき、改築がおわったと伝えられたその日のうちに、また有泉五兵衛と若侍に守られ何阿弥とともに江戸をめざしたのである。

何者かに尾行されることもなく竹村助兵衛・お栄夫妻に迎えられた信松尼たちは、もはやお静の出産を待つばかりとなった。

六

「陣痛がはじまったようでございます」

と、お静が信松尼に告げたのは、五月六日夜のことであった。

しかし、信松尼には出産の経験がないので、陣痛開始からどれくらいの時を経て出産に

至るのかがわからない。かなり夜も更けてから一児の母であるお栄からたずねてもらうと、

「初めはゆるやかに寄せる波のようにやってきた痛みは、少しずつ間隔がせばまってくるように思われます」

と、褥《しとね》に身を横たえていたお静は額《ひたい》に汗を滲ませながら答えた。

「それでは、産室のお褥にお移りいただきましょう」

お栄のことばに従い、お静が信松尼に手を取られて産室へ向かうと、お栄は土間へ下りて台所へゆき、竈《かまど》の火を熾《おこ》して湯を沸かしはじめた。むろんこれは、将軍家の和子さまが生まれたら産湯《うぶゆ》に浸《つ》かってもらわねば、と考えてのことである。

「そろそろかも知れません」

七日朝、お静は一睡もせず枕許《まくらもと》に正座していた信松尼とお栄に告げ、お栄に教えられた通り陣痛の波に呼吸を合わせるよう努めた。

これら三人にとって心強かったのは、竹村家の大家である四条藤右衛門の老妻お秀《ひで》が手伝いにきてくれたことであった。お秀はこれまでに何人もの赤ん坊を取り上げたことがあり、白銀丁界隈《かいわい》では「取り上げ婆さん」といえばお秀のことを指していた。

「さあ、いよいよとなったら上体を起こして差し上げますからね。しっかりとこの紐《ひも》にすがるのですよ」

と、お秀はお静に伝え、助兵衛に梁《はり》から太い紐を垂らさせた。この時代の女たちは「座位」といって、上体を立てた姿勢で分娩《ぶんべん》するのだ。

やがて日は落ちたものの、初産《ういざん》であるためかお産はなかなかはじまらなかった。ようやくお静が分娩をおえたときは、もう亥《い》の刻《こく》（午後十時）になっていた。

信松尼としては何も手伝ってやれないのが口惜《くちお》しくもあったが、お静と生まれてくる子の世話はお秀とお栄に任せるしかない。邪魔にならないよう産室の外に控えていると、

「おお、よしよし。いい子じゃ、いい子じゃ」

お秀の声につづき、赤ん坊の泣き声がその耳に伝わってきた。

「男の和子さまでいらっしゃいました」

と、お栄から教えられたとき信松尼は、

（ようやく明神さまがお静さんの願いを叶えて下さった）

と感じ、これまでにお静の身に起こったことどもを思い出して、われ知らず瞳を潤ませていた。

手巾でその涙を拭った信松尼は、茶の間に待機していた神尾嘉右衛門と竹村助兵衛に男児誕生を伝えた。嘉右衛門は助兵衛からいよいよ出産のとき迫ると報じられ、日暮れ前にやってきてこのときにそなえていたのである。

「ではそれがしが、町奉行殿のお屋敷までひとっ走りしてこのことをお伝えしてまいる」

すぐに足袋草鞋《たびわらじ》で足ごしらえした助兵衛は、大刀を腰に差しこみ、お栄から提灯《ちょうちん》を受け取ると勢いよく闇の中へ走り出ていった。

その助兵衛が駆けこんだ先は、本郷にある町奉行米津勘兵衛《よねきづかんべえ》の屋敷であった。この時代の江戸の町奉行に北と南の別はなく、町奉行の自宅が奉行所とされている。

「このような訴えがあったときにはな」

と老中土井利勝から迅速に注進するよう耳打ちされていた米津勘兵衛は、即座に佐倉藩江戸屋敷に利勝を訪問。利勝はただちに江戸城へ登城し、本丸表御殿中奥《なかおく》の湯殿にいた秀忠が出てくるのを待って伝えた。

「お静の方さまにおかせられては、今宵《こよい》宿下がり先において男児を御出産あそばされましたる由《よし》に候《そうろう》」

「覚えはある」

と答えた白無垢《しろむく》の寝間着姿の秀忠は、小納戸《こなんど》に命じて葵《あおい》の紋を打った腰替わり振袖《ふりそで》の熨斗目《のしめ》を一領出させ、手ずから利勝に手わたすと、

「幸松《こうまつ》と名づけて、この熨斗目を与えよ」

と命じた。葵の紋を打った衣装を幸松に与えるとは、徳川の血を引く子と認知したとい

う意味合いにほかならない。

助兵衛がこの衣装を米津勘兵衛から受け取って白銀丁へ帰ってきたのは、一刻半（三時間）もたってからのことであった。

それまでまんじりともせず吉報を待っていた信松尼たちは、その口から将軍がお静の産んだ子を自分の胤と認めたと聞き、喜びに沸き返った。この時点ではだれしもが、（いずれお静さんは将軍家の御側室、幸松さまのおふくろさまとして大奥へ迎えられ、幸松さまは何不自由なく育てられることになろう）

と信じて疑わなかった。

信松尼は幸松が無事にお七夜《しちや》を迎えるまではお静とともに過ごし、この大切な儀式がおわるのを見届けたら見性院に挨拶して八王子へ還《かえ》るつもりでいた。

そのお七夜当日、信松尼は産室でお静が白い胸をはだけて乳を飲ませる間に葵の紋付の熨斗目を衣桁《いこう》に飾り、お粥《かゆ》や吸物《すいもの》の器《うつわ》を四脚膳《しきゃくぜん》に載せてお静・幸松の前に置くことによって幸松がつつがなく成長することを祈った。

将軍秀忠の立場からすれば、幸松を自分の子と認めて幼名を定め、紋付の衣装を与えた以上、このような祝いの席に使者を派遣し、祝儀《しゅうぎ》を届けるのが当然である。

――そのお使者に指名されるのは御老中土井さまか、町奉行米津さまか。

そのような期待から大家の四条藤右衛門に至っては、自分の家の前庭から長屋につづくあたりはきちんと清掃し、水を打つ心配りをしてくれた。

というのに秀忠からの使者は、ついにこの日、姿を見せることなくおわった。

「これはどういうことでございましょうか」

翌日、白銀丁を去って比丘尼屋敷を訪ねた信松尼が見性院に聞かずにいられなかったのは、大名家や旗本家に生まれた子供たちは乳母《めのと》の乳によって育てられるのが普通だからであった。また、その子には守り刀が与えられることも世のしきたりだというのに、なぜか秀忠は幸松の乳母を決める気配もなければ守り刀も贈ってこない。

信松尼がこれらのことを報じると、見性院は皺《しわ》んだ顔に驚きの表情を浮かべた。見性院にとっても、徳川将軍家ともあろうものがお静・幸松母子をここまでないがしろにするとは夢にも思わぬことだったのだ。

「何かありましたら、またこちらからお伝えいたしますから」

と見性院にいわれ、信松尼は後ろ髪を引かれる思いを胸に抱いて信松庵へもどっていった。

その見性院が約束通り信松尼にあらたに判明した事情を伝えてきたのは、八月初旬のことであった。

その書面によると、町奉行米津勘兵衛は七月中に奇妙なお触れを出した。

「公方《くぼう》さま（将軍）のお胤を懐妊した者があれば、何者によらず注進いたすべし。お取り立て下さるべし」

秀忠自身はお静が五月七日に幸松を出産したことを承知しているのだから、このお触れはまったく奇怪至極としかいいようがない。そうと感じた竹村助兵衛は、ある夜ふたたび米津勘兵衛を訪問して真意をたずねた。

すると、勘兵衛は率直に答えた。

「あれは台命《たいめい》（将軍の命令）ではなく、御台さまの御意向に発したものでの」

御台所お江与の方は、いずれかの時点でお静が大奥から退出したのは秀忠の子を身籠もったためだ、と気づいた。だが、そのお静がすでに出産をおえたことや今日の居場所まではまだつかんでいなかったため、勘兵衛に命じて右のようなお触れを出させたのだ。

「牝鶏《ひんけい》、晨《あした》す」

「牝鶏、時を告ぐる」

といえば、めんどりがおんどりに先んじて朝の時を告げればその里は滅びるという意味で、女が男に代わって権勢を振るうたとえである。お江与の方はこの成句そのものの動きを見せ、お静・幸松母子をこの世から抹殺する意思を公《おおやけ》にしたのである。

（お静さん母子が神田白銀丁にいることをだれかが御台さまに御注進などしたら、大変なことになってしまう）

信松尼は気が気ではなくなったが、八王子に住む身としては何も打つ手がないことを哀しむことしかできなかった。

見性院が信松尼宛に第二の書状を発したのは、あけて慶長十八年（一六一三）一月末のことであった。

そこには、つぎのような見性院の動きが報じられていた。

このころ、かつて秀忠の乳母《めのと》であった大うばさまは寄る年波に勝てずに大奥を辞去し、番町《ばんちょう》の武家地のうちにあるせがれ井上半九郎《いのうえはんくろう》の屋敷の離れを終《つい》の住処《すみか》としていた。見性院がそれと知り、

「大うばさまは、そもじが御機嫌うかがいにまかり出ればきっと喜んで下さることでしょう。一度幸松さまのお顔をお見せしにゆき、今後のことにお力添えをお願いしてはいかがでしょうか」

とお静に伝えたところ、お静はその気になって数え二歳になった幸松を抱き、竹村助兵衛に守られて井上邸を訪れた。大うばさまはすぐに三人を出会いの間へ通し、お静が将軍

家からいまもって何の連絡もないことを遠慮がちに伝えると、

「何と、おいたわしい」

といって、幸松のまだ和毛《にこげ》のような髪を撫でながら確約してくれた。

「そもじがお困りなことは、半九郎に頼んでお上に申し上げていただきましょう」

お静がすぐ見性院にこのことを伝えたため、見性院はほっとして一息ついた。

ところが、その後に思いがけないことが起こった。お静・幸松母子の井上邸訪問は昨慶長十七年（一六一二）夏のことであったが、大うばさまは秋口から悪い風邪を引いて寝込んでしまい、この一月二十日、老衰も重なって息を引き取ってしまったのである。

「これでもはや、幸松さまを千代田のお城に迎えていただくというわらわどもの夢は破れ去ってしまいました」

と書かれた筆跡は珍しく乱れ、見性院の悲しむ胸の内を伝えていた。

だが、このときの見性院・信松尼姉妹にはまだ知る由もなかったが、大うばさまは決してお静との約束を忘れていたわけではなかった。それどころか大うばさまは、自分の死期を悟ったときからますます懸命に幕閣に対して働きかけていた。

見性院が初めてそうと知ったのは、三月一日、本多《ほんだ》正信《まさのぶ》と土井利勝の老中ふたりが不意に比丘尼屋敷を訪ねてきたときのことであった。

第十三章　勁草はるかに

一

本多正信《ほんだまさのぶ》は、かつては、

「お上《かみ》の懐刀《ふところがたな》」

といわれていた家康《いえやす》の側近中の側近である。二十三年前の天正十八年（一五九〇）八月、家康が初めて関東入りしたときには、相模国玉縄《さがみのくにたまなわ》一万石を与えられて関東総奉行をつとめた。

当年すでに七十六歳、髷《まげ》はすっかり白くなり頬から顎にかけての肉が削《そ》げてしまった正信は、いまでは二代将軍秀忠《ひでただ》に仕えて重きをなしている。この大物老中が土井利勝《どいとしかつ》とともにに比丘尼《びくに》屋敷へやってきたとは、秀忠の意を体《たい》しての行動としか考えられない。

すぐにふたりを書院の間《ま》へ通した見性院《けんしょういん》は、ふたりを上使《じょうし》とみなして上座《かみざ》に座らせ、自分はいつも通り薙髪《ちはつ》した頭部を白い頭巾《ずきん》につつんだ法衣《ほうえ》姿で下座《しもざ》に着いた。

その見性院に対し、肉厚く鼻筋もたくましい土井利勝はおもむろに時候の挨拶を述べて
から切り出した。

「本日まかり出ましたのは、ほかでもござりませぬ。幸松《こうまつ》さまの一件につき、こなたさまのお力を拝借いたしたいがためでござる」

そのことばに見性院は、おだやかにほほえみながら答えた。

「おやまあ、この尼《あま》にお貸しする力などありませぬことは、大炊介《おおいのすけ》さま（利勝）の方がよう御承知でしょうに」

土井利勝がことばに詰まったと見て、

「いえ、これは一月中にみまかられた大うばさまの最後の願いでもござりましたので、どうかお聞き下されと」

と後を引き取った本多正信は、一気につづけた。

「大うばさまがせがれの井上半九郎《いのうえはんくろう》を介してしきりに願い出ておられたのが、この幸松さまの一件。すなわちまごうことなく将軍家のお胤《たね》にあらせられる若君を、すでに大奥を去

ってひさしいお静《しず》の方さまのお手元に、いつまでも置いておくわけにもまいりますまい、との進言でござった。われらもこれをもっともなことと存じ、折々お上に言上《ごんじょう》いたしおりましたるところ、このほど内々《ないない》に上意を拝しましてござる。その上意とは、幸松さまをこちらの屋敷にお預けし、見性院さまのお子として御養育してはいただけまいか、というものでござった」

「なんと、――」

あまりに意外な申し入れに、いつもおおどかに構えている見性院もさすがに絶句してしまった。

「――これはなんとも、思いも寄らざるお頼みでござりまする。徳川家御譜代のお歴々も持ちあぐむ若君を、この尼などの力にてお守りせよとは、当家にはまことに似合わぬ御依頼としか申しようもござりませぬ」

気を取り直してそう答えるうちに見性院の脳裡《のうり》に甦《よみがえ》ってきたのは、もう二十六年も前の天正十五年（一五八七）六月、疱瘡《もがさ》（天然痘）を病み十六歳の若さで死んだ嫡男勝千代《かっちよ》信治《のぶはる》の面影であった。

それ以前から穴山梅雪《あなやまばいせつ》の寡婦《かふ》として家康から禄《ろく》を受けるようになっていた見性院に対し、家康は約束していたものであった。いずれ信治に穴山家の相続を認めようから、その信治を武田姓とすることによって武田家を再興してはどうか、と。

信治が急死してしまったため、武田家再興はならなかった。だが、自分が幸松の養育を承諾し、手元に置いて育てるならば、幸松を武田姓とすることによって武田家を再興できるのではないか。

めまぐるしく考えた見性院は、さらにつづけた。

「なれどお上にも、この尼を尼と御承知の上で親となれとの思《おぼ》し召《め》しならば、わらわも女ながら、かつて弓矢取りて天下に名を知られましたる武田信玄《たけだしんげん》の娘でござります。きっとお引き受けいたしましょうほどに、もはや少しもお気づかい下さりますな」

その堂々たる口上《こうじょう》に胸を打たれた本多正信と土井利勝は、そろって深々と頭を下げた。

見性院は、ふっくらとした頬を心なしか紅潮させて、またいった。

「お手前方もご存じのとおり、わらわは御台《みだい》さまにはことのほか御懇意にしていただいている者にて、采地《さいち》に下ることなくいつもこの北の丸の内に過ごしているのもそのためでござります。されど若君をお預かりいたしますからには、今日からは一切、御台さまのおんもとへはまいりませぬ。一刻も早《はよ》う若君に、この屋敷へお入り下さるようお伝えして下さりませ」

これは、戦国の世を生きぬいてきた見性院が初めて垣間見《かいまみ》せた女の覚悟と気迫というものであった。

その凜《りん》とした態度に感服した上使ふたりは、

「承知つかまつりました。よろしく願いたてまつりまする」

と頭を下げて本丸表御殿へもどっていった。


しかし、いったん幸松養育を承諾してしまうと、もう見性院は上使が神田白銀丁《しろがねちょう》へ幸松を迎えにゆくのを待ってはいられなかった。

翌朝、見性院は野崎太左衛門《のざきたざえもん》と、たまたま大牧《おおまき》の里から用事で出府《しゅっぷ》してきていた有泉《ありいずみ》五兵衛《ごへえ》とを使者に指名し、長棒引戸《ながぼうひきど》の乗物二挺《ちょう》をそえて神田白銀丁へ向かわせた。むろん一挺には幸松を、女用のもう一挺にはお静を乗せるつもりである。

陣笠《じんがさ》、ぶっさき羽織《ばおり》にたっつけ袴《ばかま》姿のふたりの使者が、それぞれ乗物の脇を固めて比丘尼屋敷へもどってきたのはまだ昼前のこと。見性院がひさしく忘れていた心のときめきを覚えながら玄関へ出迎えにゆくと、玄関前に置かれた女用の乗物から出て法衣《ほうえ》姿に気づいたお静は、

「見性院さま！」

と小さく叫んで式台下へ進み、その足元にひれ伏していた。

その肩が小刻みに震えているのは、一度は子を水として流し、その後も刺客《しかく》の影に怯《おび》えつづけた緊張感から一気に解き放たれたためであった。

「何もおっしゃいますな。これでもう、心配はないのですから」

式台上に両膝をついた見性院は、目尻に小皺《こじわ》のある細い目をしばたたきながらお静の背を撫《な》でてやった。

「さあ、早う幸松さまに上がっていただきなさい。まずはこの尼の顔を、よう覚えていただかなければ」

「あ、はい。つい取り乱してしまいまして」

お静が改めて見性院に礼を述べ、振り返って三歳の幸松の姿を探し求めると、幸松は乗物から出て草履《ぞうり》をはくところだった。

子供用の羽織袴をつけて前髪を揺らしている幸松は、母に差し招かれたのがうれしくてならないというように、にこにこと両手を上げて玄関へ駆けこんできた。

二

事態がこのように劇的に変化しつつあることを、八王子にいる信松尼《しんしょうに》はまだ知らない。

（もう少し暖かい季節になったらまた白銀丁の竹村家を訪ね、お静さんと和子《わこ》さまがどうしておいでかこの目で確かめなくては）

勤行《ごんぎょう》と養蚕《ようさん》、染色《せんしょく》、機織《はたお》りの合間に考えた信松尼は、昨慶長十七年（一六一二）五月中旬、その竹村家で一年ぶりに再会したお静・幸松母子の姿を思い出すことしばしばであった。

つましい小袖《こそで》をまとったお静は産後の肥立《ひだ》ちも悪くなかったそうで、血色が良かった。誕生日二日前の端午《たんご》の節句からよちよち歩きをはじめたという幸松は、時おり駕籠《かご》や荷車の通る表通りに興味を抱き、

「おんもへ！」

といってはお静と竹村助兵衛《たけむらすけのひょうえ》・お栄《えい》夫妻を困らせていた。

その助兵衛が端午の節句が来る前に大家の四条藤右衛門《しじょうとうえもん》に打ちあけたところは、幸松の出生に関する秘められた事情であった。そのころの助兵衛は、いずれ徳川家から幸松を迎えるための使者がくるものとまだ思いこんでいたため、

（藤右衛門殿だけには事情を伝えておいた方が無難であろう）

と発想したのである。

しかし、徳川家から幸松へは守り刀一本届くでもない。それと知った藤右衛門は憤慨し、

ある日備前康光《びぜんやすみつ》の脇差《わきざし》を持参してお静を訪ねてくると、

「これを和子さまのお守り刀として差し上げとうござりますので、どうかお受け取り下されし」

と丁重に申し入れた。

お静が信松尼に語ったところは、それだけではなかった。

この年の端午の節句当日の朝、白髪髷で恰幅《かっぷく》のよい藤右衛門はすでに二十歳をすぎたせがれ藤市《とういち》とともに麻裃《あさがみしも》の礼服姿であらわれ、今度はお静にこう申し入れた。

「幸松さまのおために、節句の鯉幟《こいのぼり》を立てましてござる。おふくろさまと御一緒に御覧にお越し下されし」

その鯉幟はなぜか四条家のひろやかな前庭ではなく、吹き抜けの土間の内に立てられていた。下から上へ緋鯉《ひごい》、真鯉《まごい》、吹き流しとつづく竿《さお》の先端に纏《まとい》のように飾られているのは、何と葵《あおい》の御紋であった。

しかもその竿の下には、青畳が二枚敷かれていた。

「鯉幟を前庭に立てて近所のみなの衆に見てもらえぬのは口惜《くちお》しいことではございますが、当家では和子さまのすこやかなる御成長と早うお城へお入りになる日のくることを祈りまして、それまでは毎年この幟を飾らせていただくことにいたしました」

温顔をほころばせた藤右衛門は、藤市を促して草履を脱ぐと、白足袋《しろたび》の裏を見せてその畳に上がった。そしてくるりとからだをまわすと、父子《おやこ》肩をならべて正座してからお静に告げた。

「本日は、せがれとともに一日中この幟の番をいたすつもりでござります」

お静からこの話を聞いた信松尼は、幸松を抱いたお静に案内されてこの鯉幟も見せてもらった。

「まあ、立派な幟ですこと」

と信松尼が嘆声を放つと、お静の腕の中からふっくらとした顎を上げた幸松も、にこにこしながら小さな手を打ち合わせたものであった。

しかし、越えて今年の一月二十日には、大うばさまも老衰して生涯を閉じてしまった。

「これでもはや、幸松さまを千代田のお城に迎えていただくというわらわどもの夢は破れ去ってしまいました」

という一文をふくむ嘆きの書簡が見性院から届いたのは二月中のことだっただけに、三月五日、不意に信松庵にあらわれた野崎太左衛門の口から、

「この一日、幸松さまは見性院さまの御養子として育てられることに相なりましてござる」

ていた。

と告げられた信松尼はわが耳を疑うばかりであった。

だが見性院は、野崎太左衛門から信松尼に手わたされた書状の内に躍るような筆で書いていた。

「そもじがこの書面をお読みくださるのは野崎太左衛門より事情のあらましを報じられたる後のことかと存じますが、これはそもじとわらわにとりましてまことに重要なことですから、あらためてお伝えしましょう。この三月一日、比丘尼屋敷へわらわと会見するためにお越しになったのは、本多佐渡守《さどのかみ》さま（正信）と土井大炊介さま（利勝）の御老中おふたり。御用の向きは幸松さまをわらわの子として養育してはいただけまいか、という思いも寄らぬ御依頼でしたが、わらわは熟慮いたしたあげく、この御依頼をお引き受けいたし、代わりに御台さまとは今後一切交際いたさぬことといたしました。翌二日、幸松さまはおふくろさまと御一緒に屋敷へお越し下さいましたので、わらわはとりあえず書院の間へ御案内いたし、かように申し上げました。

『本日からこの尼が親代わりを相つとめさせていただきますから、幾ひさしゅうよろしゅうお願い申し上げます。つきましてはお守り刀として宗近《むねちか》の脇差を進呈いたしましょうほどに、どうかお納め下さりませ』

宗近といえば平安時代に京にあらわれ、

「三条小鍛治《さんじょうこかじ》」の異名を取った不世出の名刀匠《めいとうしょう》三条宗近のこと。時の帝《みかど》一条《いちじょう》天皇の勅命によって宝刀「小狐丸《こぎつねまる》」を鍛えたことは謡曲『小鍛治』の題材となったほどだから、宗近の作は脇差であっても天下の重宝《じゅうほう》にほかならない。

さらに見性院は、三日に比丘尼屋敷の広間でおこなった儀式についても書いていた。その三日、召し使う者たちを下男下女までふくめて二十数人、残らず広間に集めた見性院は、幸松の手を引いて上段の間に姿をあらわすと高らかに告げた。

「本日より当家のあるじは、これなる幸松さまと相なりました。みな、これまで以上に精を出して幸松さまに御奉公いたすように」

幸松はこれまで秀忠が私的には「覚えがある」という表現で認知したものの、徳川家から正式に認知されてはいなかったため姓を持たなかった。それが見性院の子と定められたため、

「武田幸松」

と名乗ることになったのである。

同時にお静は「お静の方さま」ないし「おふくろさま」と呼ばれることになり、侍女数名と野崎太左衛門がお付きの者に指名されたという。

「そうでしたか。野崎さまが和子さまの輔弼《ほひつ》役になって下されたのであれば、さぞや見性院さまも御安心でしょう」

信松尼が喜びをあらわにすると、武田家遺臣のひとりである太左衛門は武田姓となった幸松への思いを語った。

「はい、幸松さまがわがあるじ見性院さまを養い親となされたということは、甲州武田家と徳川家、すなわち元の松平家とをつなぐ大切な絆《きずな》とおなりあそばされたということかと存じ、われら一同、喜びに堪えぬところでござる。さらに幸松さまの『幸』という読みは甲州の『甲』に通じますし、おなじく『松』は松平の『松』でもござりますから、これよりは甲松さまと申し上げてもよろしいのではないか、と申す者もあるくらいでござりまして」

その熱い口調からは、やはり幸松によって甲州武田家を再興したい、という切なる思いが感じ取れた。

「御家来衆のお気持は、わらわにもわからないではありません。今年の端午の節句にはまた幸松さまと見性院さまのおんもとへ御挨拶にうかがうつもりでおりますから、見性院さまとはそのときいろいろ御相談してみましょう」

と、信松尼は答えた。

三

思えば、お都摩《つま》が信松尼のお身代わりに立ち、下恩方《しもおんがた》の心源院《しんげんいん》から当時家康の在番するところとなっていた甲州の郡内《ぐんない》（都留郡《つるごおり》）へおもむいたのは天正十一年（一五八三）初めのことだったから、それからすでに三十年の歳月が流れている。

徳川家にあってお都摩は武田信玄の末娘と信じられ、

「下山殿《しもやまどの》」

と呼ばれて同年九月十三日には家康の五男万千代《まんちよ》を出産した。

かねがね信玄を尊敬し、いずれ甲州武田家を再興すべしと考えていた家康は、天正十六年（一五八八）、万千代に穴山家の家督を相続させると同時に、その名をあらたに武田七《しち》郎信吉《ろうのぶよし》と決定。十八年（一五九〇）八月に関八州《かんはっしゅう》のあるじとして江戸入りするや、信吉を下総《しもうさ》の小金《こがね》城に封じて三万石の大名としたばかりか、穴山梅雪の旧臣たちを城下に移住させて家臣団を創設させたものであった。

こうして下総武田氏の初代となった信吉は、文禄元年（一五九二）には一万石を加増されてやはり下総の佐倉《さくら》藩へ転封《てんぽう》。慶長七年（一六〇二）には常陸水戸《ひたちみと》十五万石を与えられたものの翌年病死し、嗣子《しし》もなかったため下総武田氏は一代限りで断絶してしまった。

(それからちょうど十年目のこの年に、見性院さまが幸松さまの養い親として武田家を再興して下さることになろうとは)

と思うと信松尼は、身重《みおも》のお静の方を守るべくともに大牧の里に潜んだ経験があるだけに喜びもひとしおであった。

しかし、――。

「禍福《かふく》はあざなえる縄のごとし」

という成句が示すように、幸と不幸とはより合わせた縄のような形でやってくる場合がある。四月末日早朝、今は八王子千人同心《せんにんどうしん》の小人頭《こびとがしら》となっている旧臣石黒八兵衛《いしぐろはちべえ》が信松庵を久々に訪ねてきて、信松尼にある訃報を伝えた。

「朝の勤行のお邪魔をして申し訳ござりませんが、先ほど当家にやってきたお陣屋の手代《てだい》からの依頼ですので、とりあえずお伝えいたします。われら武田家の者どもを何かとお守り下された大久保石見守《おおくぼいわみのかみ》さま(長安《ながやす》)におかせられては、今月二十五日、駿府《すんぷ》において卒中のため逝去《せいきょ》なされた由《よし》にござる。享年は、六十九とうけたまわりました」

初め大久保十兵衛《じゅうべえ》と称していた長安が徳川家の代官頭《だいかんがしら》として八王子へやってきたのは、今をさかのぼること二十二年、天正十九年(一五九一)の青葉の季節のことであった。

甲州街道を整備して八王子の続き宿を府中《ふちゅう》に匹敵する活気あふれた宿場町に育てた大久保長安は、かつて武田家の家臣だったことを忘れず信松尼の暮らし向きにも充分に気配りしてくれた。信松庵の土地と建物はほとんど長安の寄進を財源として営まれたものであったから、信松尼としても、

（また十兵衛さまが助けて下さった、御恩に着なければ）

と、心の中で掌《て》を合わせたことも一再ではなかった。

ところが、まだ十兵衛と称していた大久保長安は、武田信吉の病死した慶長八年（一六〇三）ごろから、自分の設けた八王子陣屋には姿を見せなくなった。それまでも甲斐奉行、石見銀山奉行、岐阜の代官などを歴任した十兵衛は、この年の二月には川中島《かわなかじま》藩松平忠輝《まつだいらただてる》家の筆頭家老に就任。従五位下《じゅごいげ》に叙されて石見守の受領名《ずりょうめい》を受けたかと思えば、同藩の海津《かいづ》城へおもむいて藩政を総覧する必要もあったため、信松庵へ顔を出す暇がなくなってしまったのである。

さらに八年前の慶長十年（一六〇五）、将軍職を秀忠にゆずって大御所《おおごしょ》と称していた家康がその二年後に駿府城へ移ると、大久保長安も近習《きんじゅう》に指名されてこれに同行。以後は家康の供をして浅間《せんげん》神社に参詣したり観能の会を主催したりしていたが、昨慶長十七年（一六一二）八月中に卒中の発作を起こして立てなくなり、薬石効《やくせきこう》なくそのまま死に至っ

たのであった。

それにしても信松尼が兄勝頼《かつより》の忘れ形見の貞姫《さだひめ》を足利家の血筋の宮原勘五郎《みやはらかんごろう》の正室に、小山田信茂《おやまだのぶしげ》の娘の香具姫《かぐひめ》を上総佐貫藩主《かずささぬき》内藤政長《ないとうまさなが》の世子《せいし》忠興《ただおき》の側室に迎えてもらうことができたのも、元はといえば大久保長安が縁談を持ってきてくれたおかげであった。しかも、生弌尼《しょういちに》と名を改めた実兄仁科盛信《にしなもりのぶ》の娘督姫《とくひめ》のために草庵を建ててくれたのも長安その人だったから、信松尼とこれら三人の姫君たちにとって長安は大恩人というべき存在にほかならない。

この日、それを思って食事も摂《と》らず、本堂内が暗くなるまで大久保長安のために読経《どきょう》をつづけた信松尼は、何阿弥《なにあみ》が燭台《しょくだい》に火を点《とも》してくれたとき、昔読んだ『古今和歌集《こきんわかしゅう》』所載の哀傷歌一首をふと思い出し、手近の紙片に書きつけた。

あすしらぬ我身とおもへどくれぬまのけふは人こそかなしかりけれ　つらゆき作

大久保石見守さま御霊前　信松尼写《うつす》

（自分もそう長くは生きられまい）

という思いを信松尼が初めて形にしたのは、このときのこと。信松尼はこの年、父信玄の享年とおなじく五十三歳になっていた。

しかし、端午の節句に合わせて比丘尼屋敷を訪れた信松尼は、そのような思いについてはおくびにも出さなかった。

これまで比丘尼屋敷では、三月三日の桃の節句に雛人形《ひなにんぎょう》を飾ることはあっても、端午の節句に鯉幟を立てたり五月人形を飾ったりすることは一切なかった。見性院を女主人とする家だけに奉公する者にも侍女が多く、端午の節句にまでは気がまわらなかったのだ。

だが、この年の五月五日は違っていた。何阿弥と信松尼が門道を入ってゆくと、玄関前にひろがる前庭の中空には、野崎太左衛門の立てた鯉幟が翩翻《へんぽん》とひるがえっていた。

その竿の先には、青空を背景にふたつの家紋が陽光に光り輝いている。

「あの紋をどうか御覧下され」

出迎えにあらわれた太左衛門に指差されて信松尼が見上げると、金塗りのその紋は上が葵の御紋、下が武田菱《たけだびし》であった。

四

このたびの滞在中、見性院が信松尼にひそかに打ちあけてくれたことの内容は、

「いずれ大御所さまが正式に幸松さまによって武田家を再興することを許す、と仰せ出《いだ》されますなら、幸松さまにはかつて武田信吉さまに与えられていたのとおなじくらいの城地が下されましょう。そのとき、今のように侍女たちばかり多い家臣団では形がつきませんので、近頃は少しずつ新規採り立ての家臣をふやしておりますの」

というものであった。

大貫四郎右衛門《おおぬきしろうえもん》ほか三名はすでに野崎太左衛門の下で働きはじめており、いずれ見性院は大牧の里で育っている有泉金弥《ありいずみきんや》を呼び、お小姓《こしょう》という名目で幸松の遊び相手になってもらうつもりでいる、ともいった。

「それは良いお考えかと存じます。わらわがお静さんを大牧の里へおつれしたころの金弥さんはまだよちよち歩きでしたが、いつも鶏を追いかけているすこやかな男の子でした」

それはそうと、今日はお静さんをお見掛けいたしませんが、どこかへお出掛けでしょうか、と信松尼がたずねると、見性院は答えた。

「ええ、近頃お静さんは、幸松さまがすこやかに育ってひとかどの武将になれますように、と願《がん》をかけましてね、荏原郡《えばらごおり》目黒《めぐろ》の里にある成就院《じょうじゅいん》という古いお寺に時折参拝にゆかれるのです」

江戸城田安門《たやすもん》から目黒の里までは二里もないので、女の足でも日帰りは充分に可能なのである。

見性院・信松尼姉妹とお静の方の三人は、それぞれの立場から幸松少年の将来に期待するところが少なくなかったのであった。

「それにしても」

と見性院は、明日八王子に帰る、と御座所《ござしょ》に挨拶に出向いた信松尼に小声で告げた。

「いずれ大御所さまが幸松さまによって武田の家を再興することをお許し下さっても、今のわらわは六百石を拝領しているだけですから、これをすべて幸松さまに差し上げましたところでお大名にはなれませぬ。どなたか大久保石見守殿のように気の利く方があらわれて、このことを大御所さまによくよく申し上げて下さればよいのですけれど」

「仰せごもっともと存じます。そのことにつきましては、見性院さまに幸松さまの御養育を御依頼あそばされました本多佐渡守さまと土井大炊介さまにお気持をお伝えなさるのが早道なのではございませんか」

信松尼が答えると、見性院はこくりとうなずいていった。

「それでは折を見て、おふたりにわらわどもの思いをお伝えしてみましょう」

しかし、これは思ったほど簡単なことではなかった。それというのもこのころ、まだ駿府城に矍鑠《かくしゃく》としていた家康を筆頭に将軍秀忠と幕閣たちは、関ヶ原以来の念願だった豊《とよ》臣《とみ》家つぶしに向かってじわりと動きはじめていたからである。

大坂城の淀殿《よどどの》・豊臣秀頼《ひでより》母子は、かねてから家康の勧めにしたがって京都東山方広寺《ほうこうじ》の大仏再建事業に打ちこんでいた。その鐘楼《しょうろう》に吊《つ》る鐘《かね》も慶長十九年（一六一四）四月のうちに鋳立《いた》てられ、八月三日にはいよいよ大仏開眼供養《かいげんくよう》をおこなう手はずとなった。

ところが、自分の目の黒いうちに何としても豊臣家を滅ぼしたいと願っていた家康は、

「黒衣《こくい》の宰相」

の異名をとる側近の金地院崇伝《こんちいんすうでん》や五山《ごさん》の僧たちの使嗾《しそう》により、その鐘銘《しょうめい》に注目。

「国家安康」

とわが名を分断して刻んであるばかりか、

「君臣豊楽」

と豊臣家を称《たた》えるような字句のあるのはどういうわけか、と八月二日から難癖をつけは

じめたのである。

これをきっかけに徳川家と豊臣家の間には不穏な空気が漂いはじめ、家康・秀忠父子から幕閣までは対豊臣家開戦策を講じるばかりで幸松のことなどは忘れたも同然となったのだ。

その三日後、江戸には不吉の前兆のごとき大風が吹き荒れた。町屋の板葺《いたぶ》き屋根の家々はあらかた倒壊してしまい、江戸城内とそのまわりの武家地でも屋根瓦が吹き飛ばされたり、庭木が根こそぎ倒れたりする被害が続出した。

「これでは、このお屋敷も吹き倒されるのでは」

と比丘尼屋敷の奉公人たちも顔色を失ったが、さすがに見性院だけは機敏に命じた。

「とにかく、地震《じしん》の間《ま》に長持《ながもち》を二棹《ふたさお》運び入れて横に並べなさい。幸松さまには、その間に入っていただくのです」

地震の間とは、大地震《おおない》に襲われても崩れないよう工夫された頑丈な部屋のこと。そこに並べた長持の間に座っていれば天井が落ちてきても下敷きになることはない、という読みである。

つづいて見性院とお静の方が四歳になった幸松をつれて地震の間へ入ると、やの字結びの帯を締めた侍女たちも青い顔をして集まってきた。火を出しては大変だから紙燭《しそく》が使えず、室内は闇がひときわ濃かったが、幸松は怯《おび》えきっている侍女たちの姿が面白くてならないらしく、隙を見てわざと長持の間から這《は》い出そうとする。

「なりません、どうかここに」

お静の方にたしなめられると幸松は一度はこくりとうなずくものの、少しするとまたきゃっきゃっと笑い声を立てて這い出してしまう。

「まことに、ものに動じぬ健気《けなげ》な御気性にましますこと。さすがは将軍家の和子さまでいらっしゃる」

と感じ入った見性院は、大風が止《や》み、信松尼が見舞いのためやってくると、この話を披露してつぎのような感想を洩《も》らした。

「幸松さまは、戦国の世にお生まれになっていたらきっと名将におなりあそばしたことでしょう」

お静の方・幸松母子が挨拶のために入室すると、信松尼は中剃《なかぞ》り二つ折りの髷《まげ》を結っている幸松を差し招いて法衣の膝に乗せ、

「まあ、御立派におなりですこと。お静さんも、御苦労なさった甲斐があったというものですね」

と、たおやかなほほえみを浮かべてふたりに話しかけた。

幸松は信松尼が大好きになっていて、比丘尼屋敷に滞在中はその側から離れない。いざ信松尼が八王子へ帰る日がくると、

「今度くるのはいつ、みんな楽しみにしているからまたすぐきてね」

と何度もたずね、信松尼が指切りげんまんの約束をしてくれるまでその法衣にまとわりつくのをつねとした。

やがて十月となり、大坂冬の陣がはじまったころ、信松尼は、

「ちと御相談したいことが」

と見性院から伝えられて、またも比丘尼屋敷を訪問。桐箱入りの信玄の形見の品、「紫《し》銅鮒形《どうふながた》の水差《みずさし》」を見せられ、

「わらわも老い先短くなりましたゆえ、父上の形見のこの品も幸松さまにおゆずりしようと考えたのですが、どう思いますか。そもじが手元に置いておきたいというのなら、そもじにおわたししてもよいのですけど」

といわれたときには、ためらわず答えた。

「いいえ、わらわの庵《いおり》には思い出の品が少々ございますし、わらわももう五十四に相なります。どうかこのお品は、幸松さまにお引き受け下さるようお願いしてみて下さりませ」

見性院がうなずいたため、幸松は武田家伝来の重宝三条宗近の脇差につづいて信玄の形

見の品を相続することになり、ますます武田家の名跡《みょうせき》を継ぐ資格の持ち主であることをあきらかにした。

しかしこのころまでに、お江与《えよ》の方は比丘尼屋敷に養われている男児がいること、その男児は夫たる将軍秀忠の胤に間違いないことを調べ上げていた。秀忠が大坂に下向《げこう》しているのを幸いとして、まもなくお江与の方は老女に比丘尼屋敷を訪問させることにした。

五

お江与の方付きの老女は比丘尼屋敷の書院の間へ通されて見性院に会見すると、その見性院を「おもと」と呼び、厚化粧に表情を隠して粘《ねば》つくような口調で告げた。

「御台さまもおもとのことを心やすく思《おぼ》し召《め》されまして、長い間懇意にしておいでだったことはよもやお忘れではありますまい。と申しますのに洩れ聞くところによれば、近頃この屋敷のうちに、縁もゆかりもない者をお預かりだそうでございますなあ」

どうだ、御台所さまにはすべてお見通しなのですよ、とでもいいたげに胸をそらした老女に対し、

「おっしゃる通りでございます」

見性院は臆《おく》することもなく、きっぱりと答えた。

「けれど幸松さまを当家にお迎えいたしましたのは、お預かりしたというわけではござりませぬ。そこを間違えていただいては困ります」

ややたじろいだ老女の目をしっかりと見つめ、見性院はさらに声を励ました。

「幸松さまのことは、わらわの子としてもらい切りにいたしたのです。つつがなく御成人あそばされた暁《あかつき》には武田の苗字をお名乗りいただき、わらわが大御所さまよりいただいている知行《ちぎょう》をもお譲りして、わらわの亡き跡をも弔っていただこうと考えてのこと。されぱたとえ御台さまよりお咎《とが》めがありましょうと、一度この見性院が子といたしたお方を放ち棄てにいたすことなど思いも寄りませぬ。さよう御台さまにお伝え下さいませ」

見性院の、信玄の次女にふさわしい堂々たる応対に圧倒され、その老女は顔を蒼《あお》くして帰っていった。

また八王子へやってきた有泉五兵衛からこのやりとりを伝えられたとき、信松尼は、

(御台さまが怒って、あれこれ画策などいたしませんように)

と思って掌を合わせたくなったものであった。

しかし、初冬になってからお静の方・幸松母子の顔を無性に見たくなってまた比丘尼屋敷を訪ねたとき、

「あれは、枯れ葉の舞う季節になってまもなくのことでした。幸松さまの身にちょっと危いことが起こりかけましたの」

といって、見性院は眉をひそめながら打ちあけてくれた。

「小石川門《こいしかわもん》と水道橋《すいどうばし》の間にある吉祥寺《きっしょうじ》というお寺で、本堂改築のための勧進能《かんじんのう》がおこなわれた夜のことでした。能好きな野崎太左衛門と万沢権九郎《まんざわごんくろう》が幸松さまと御一緒に吉祥寺の薪能《たきぎのう》の舞台へ近づきますと、髭面《ひげづら》の牢人者《ろうにんもの》がわざと野崎太左衛門の刀の鞘《さや》に臑《すね》をぶつけてきて騒ぎになったそうです。その牢人は野崎太左衛門が謝っても承知せずに刀に手を掛け、仲間を呼んだところおよそ十人の牢人者があらわれて、幸松さまをふくむ三人を取り巻いてしまったとか。これは、御台さまの放った刺客どもではないか。野崎太左衛門はそう感じて、下役の万沢権九郎とともに幸松さまを守りつつ戦う肚《はら》を固めたそうですが、このとき運のいいことに、薪能の見物客の中に万沢権九郎の剣友のひとり有賀九右衛門《ありがくえもん》という方が混じっておりました。そのため幸松さまは、危い目に遭わずに済んだのです」

着流し姿の有賀九右衛門は、いわくありげな牢人たちに囲まれたひとりが剣術仲間だと気づくや機転を利かして大音声《だいおんじょう》を張り上げた。

「これは万沢殿、お味方なら多数ここに控えてござる。少しも引けを取ってはなりませんぞ！」

弱い者いじめがはじまると見て眉をひそめていたほかの見物客たちも、これに応じて、

「そうだ、そうだ」

と野次を飛ばしはじめる。牢人者たちは満座の注目を浴びてはまずいと考えたのか、

「くそ、引け引け」

と領袖《りょうしゅう》格に命じられて境内から散っていったのだという。

「あの、その牢人者たちが御台さまの手の者だとはどうしてわかったのでございますか」

信松尼が小首を傾《かし》げてたずねると、見性院はいつものはきはきとした口調で答えた。

「いいえ、そうだという証《あか》しになるものがあるわけではありません。でもね、申すもはばかり多いことながら、御台さまは身籠《みご》もったお静さんを亡き者にしようとしたこともあるお方です。そのお静さんが幸松さまを出産したと知れば、今度は幸松さまのお命に狙いを定めても不思議ではありません。そう考えることが許される以上、これからも幸松さまのまわりに面妖《めんよう》なことが起こりかけたときは背後で御台さまが糸を引いているのではないか、と見て対策を考えることが大事でしょう」

「おっしゃる通りでございます」

と信松尼がうなずくと、見性院はことばを添えた。

「今、名前の出た有賀九右衛門という万沢権九郎の知り合いのお方も牢人中だと聞きまし

たので、当家に出仕してもらうことにいたしました。むろんこれはわらわ付きということではなく、幸松さま付きの近習としてですよ」

見性院はいずれ幸松によって武田家を再興することを前提として、幸松の良き手足たり得る家臣団の形成になおも意を用いているのであった。


吉祥寺の薪能の際にあらわれた牢人者たちがお江与の方の意を体して幸松を狙った一党だったかどうかは、ついにわからなかった。

しかし、結果から見ればこの日をもって幸松を狙う動きはふっつりと絶えた。それは、お江与の方になお殺意ありとみなした場合は以下のような理由によると考えられた。

この年の十二月中にいったん和睦《わぼく》という形でおわった大坂の陣（冬の陣）は、あけて慶長二十年（一六一五）四月には再戦と決定（夏の陣）。和睦の条件としてすべての堀を埋め立てていた大坂城は、五月八日に猛火につつまれて落城。淀殿・豊臣秀頼母子は、ともに自刃《じじん》して生涯をおえた。

よく知られているように、淀殿はお江与の方の長姉であり、秀頼の正室千姫《せんひめ》は徳川秀忠・お江与の方夫妻の長女である。お江与の方が薪能の夜まで幸松を亡き者にしようと画策していたとしても、大坂冬の陣が夏の陣へと進展するにつれてその関心は千姫を大坂城からいかにして救出するかに移り、おのずと幸松に対する殺意も過去のものとなっていったものと思われた。

大御所家康は豊臣家の滅亡によって徳川の天下が確定し、乱世がまったく終息したことを記念して改元を決意。七月十三日、あらたな年号は、

「元和《げんな》」

と決定され、ここに太平の世がひらけたことは、

「元和偃武《えんぶ》」

と表現された。偃武とは、武器を伏せて用いない、という意味である。

千姫が大坂城から無事救出されて江戸城へ帰ってきたことと関係するのかどうかもわからなかったが、お江与の方の使い番が比丘尼屋敷へ厭《いや》がらせのようにやってくることもまったくなくなったため、五歳になった幸松は、このころから田安門の左右にのびる内堀あたりへ出かけ、大牧の里から出てきた有泉金弥とのびのびと遊ぶこともできるようになった。

幸松は次第にやんちゃになって、あるときなどは見性院から譲られた信玄の形見の品「紫銅鮒形の水差」を棒で叩き、表面をでこぼこにしてしまった。

見性院は信松尼にこのことを楽しそうに告げ、

「さようなことなど、気にするには及びません。武門の男子はそれぐらいでないと」

と鷹揚《おうよう》に語ったものであった。

まだ幼い幸松に悪意などはあるはずもなかったが、信松尼は見性院と置かれた境遇こそ違え、武田信玄の娘として生まれたことを誇りとして生きてきたことはおなじである。それを思うと信松尼は、身重《みおも》のお静の方を守って大牧の里に身を潜め、誕生した幸松によって武田家再興が現実感を帯びつつあることをうれしく感じる一方で、父信玄のことなどまったく知らない世代が育ちつつあることをちょっと寂しくも思うのだった。

六

以後、信松尼が八王子から江戸へ出かけなくなったのは、五十五歳の年を迎えてにわかに体力の衰えを感じたこと、膝に時々痛みが走って歩行や正座に困難をきたすようになったことなどのためであった。もともと蒲柳《ほりゅう》の質だった信松尼は、法事にゆく途中に息が切れて立ち止まってしまうことも一再ではなくなっていた。

それにしても、なにゆえ信松尼はこのころにわかに衰えたのであろうか。

近代栄養学の観点からすれば、この時代の一般の食事は握り飯に香《こう》の物《もの》三切れだけという例も珍しくないほど粗食に過ぎた。信松尼の場合はそれに輪を掛けたような粗食であり、二十二歳にして出家して以来三十年以上にわたって魚肉を口にせず、食事は一日二回のみ、しかも一汁一菜《いちじゅういっさい》か一汁二菜をもってよしとしていた。

この時代は一口に「人生五十年」といわれ、五十歳が人間の定命《じょうみょう》であると考えられていた。これは戦乱の中で命を落とす日本人がいかに多かったかを示す一方で、戦火に追われる側の人々にも決定的に栄養が足りず、その分だけ老衰が早くはじまったことを物語る。

特に元和元年（一六一五）の冬を迎えると、信松尼は八王子千人同心の家に法事で招かれることが度重《たびかさ》なった。この年には石黒八兵衛も逝《ゆ》き、千人同心に採用された武田家遺臣の家筋の多くも代替わりの時代を迎えていたのである。

あけて元和二年（一六一六）は暦より季節の進むのが早く、一月の十四日は今日の暦なら三月一日に当たっていた。信松尼に養蚕や桑の木の育て方を教えてくれた清水おみさももはやこの世の人ではなくなっていたが、清水家の作男や下女たちは律儀《りちぎ》なことにこの年も一月中に信松庵の養蚕所へあらわれ、煤払《すすはら》いを済ませると蚕具《さんぐ》一式の手入れまでしてくれた。

しかしこの年、信松尼は蚕種屋《たねや》から蚕種紙《たねがみ》（蚕卵紙）を買うことはできなかった。

すっかり春めいて日も長くなった二月末日、

（今日はあたたかいから、少し機《はた》を織りましょう）

と思い立って織小舎《おりごや》に入った信松尼は、地機《じばた》の一台にむかってチョウハタリ、チョウハタリと規則正しく音を立てはじめた。

この音は信松庵の使用人たちの耳にも届いていたが、使用人たちが、

（おや）

と思ったとき、いつかチョウハタリ、チョウハタリという音は聞こえなくなっていた。すでにあたりは薄墨《うすずみ》色に翳《かげ》ったというのに、庫裡《くり》にほど近いその織小舎の引き上げられた蔀戸《しとみど》に灯火は見えないし、信松尼が庫裡へもどってくる気配もない。

（これは）

と厭な予感のした何阿弥は、手燭《てしょく》を持って織小舎にむかった。

「何阿弥でございます。暗くなってきましたので、燭台に火をお入れしにまいりました」

閉ざされている戸口の外から呼びかけても、反応が返ってこない。

「失礼つかまつります」

手燭を下に置いた作務衣《さむえ》姿の何阿弥が板戸を引き、ふたたび手燭を手にして織小舎の内へ坊主頭を差し入れると、手近の地機の一台にむかって腰を下ろしている信松尼のうしろ姿が灯火の輪の中にほっかりと浮かび上がった。いつもの法衣《ほうえ》と白い頭巾《ずきん》をまとっている

信松尼は、地機の木枠に両手を預けて上体を伏せ、その手の甲に頬を載せて眠っているかのようであった。

しかし、何事もてきぱきと処理する信松尼が、使用人に寝顔を見られても気づかずにいる、というのも奇妙である。

「庵主《あんじゅ》さま、いかがなされました。お加減がよろしくないのでございますか」

おずおずと地機に近づいた何阿弥は、信松尼がなおも答えないことを訝《いぶか》りながら、無礼は承知で少し覗いているその横顔に灯火を寄せてみた。そのとき何阿弥は、信松尼が額《ひたい》に汗を浮かべ、瘧《おこり》（マラリア）の発作を起こした者のように唇をわななかせていることに気づいた。

信松尼は侍女たちによって庫裡の寝所《しんじょ》へ運ばれ、町医者が呼ばれた。

信松尼はなおも昏々《こんこん》と眠りつづけており、信松尼を貴人と聞いていた町医者は肌に触れることを憚《はばか》って糸脈《いとみゃく》によって脈を診《み》ることにした。これは病人の左手首の脈どころに絹糸の一端をくるりと巻きつけ、その糸のもう一方の端へ伝わってくる脈搏《みゃくはく》から間接的に脈の打ち方を診断するこころみである。

「お脈がちと乱れておいでですな。解熱剤を差し上げますから、折を見て水と一緒にお口にふくませて差し上げて下され」

とだけいって、町医者は病名を告げることなく信松庵を去っていった。

それから二ヵ月、――。

信松尼は意識を取りもどすことなく病褥《びょうじょく》に身を横たえつづけ、食事を摂《と》ることもなかったため次第に痩せていった。このことは比丘尼屋敷にも伝えられたが、すでに七十歳を過ぎていた見性院も足が衰えて腰も悪くしており、八王子へ妹の見舞いにゆくことはできないからだになっていた。

そこで見性院に代わって八王子へゆくことを願ったのは、だれあろうお静の方であった。この時代には、病名も確定せず治療法もわからぬまま一生をおえる人々が珍しくない。お静の方は信松尼がすでに定命といわれる五十歳を超えていることに気づき、幸松さまを無事に産ませて下さった御恩に報いるのは今しかない、と考えて八王子行きを願い出たのである。

信松尼が病んでいる。六歳になった幸松はその意味をよく理解することができ、

「母上、幸松も信松尼さまのお見舞いをいたしとうございます」

と健気に申し入れて、お静の方とともに信松庵をめざすことになった。

無紋、黒漆《こくしつ》塗りの忍び駕籠を二挺《ちょう》つらねた一行が、野崎太左衛門、万沢権九郎、有賀

九右衛門以下に守られて信松庵に到着したのは四月十四日午後のこと。このときすでに信松尼は臈《ろう》たけた顔立ちから肉が落ちて鼻筋もやや尖《とが》ったように感じられ、呼吸も徐々に切迫してきていた。

今夜か明日が危い、と父を看取《みと》ったお静の方にはいわれずともわかる。

「幸松さまは、お部屋をお借りして先にやすんで下さいね。わたくしは、看病をさせていただきますから」

といって打掛《うちかけ》姿から普段着の小袖《こそで》に着更《きが》えたお静の方は、用意してきた朱色の前掛と同色の片だすきを掛けて信松尼に付ききりになった。

信松尼がはかなく生涯を閉じようとしていると知り、やってきたのはこの母子だけではなかった。翌十五日の巳《み》の刻《こく》（午前十時）には、下恩方《しもおんがた》の心源院《しんげんいん》の住職随翁舜悦《ずいおうしゅんえつ》こと卜《ぼく》山《ざん》和尚が紫衣《しえ》に錦の袈裟《けさ》をまとった姿で輿《こし》に乗ってあらわれた。

卜山和尚は三十四年前の天正十年（一五八二）秋、心源院に身を寄せた武田松姫が仏弟子になることを許し、信松尼の法名《ほうみょう》を与えて仏道修行を指導した高僧である。

身の丈《たけ》七尺、長大な白髯《はくぜん》をたくわえた卜山和尚は信松尼を迎えた時点ですでに七十七歳の老僧であったが、腰は曲がっていなかった。今は何と百十一歳になったというのに、なおも輿に乗りさえすれば外出もできるほど矍鑠としていた。

これまでの長い年月、その主宰する法事の手伝いを頼まれると信松尼は喜んで心源院におもむくのをつねとした。卜山和尚と信松尼とはなおも師と弟子として交流をつづけていたため、和尚に急な事態を報じた者があったのだ。

卜山和尚は供の若い僧に上体を支えられて信松尼の褥《しとね》の枕許《まくらもと》に座ると、歯のない口で何か声低く信松尼に話しかけて、老いの目の涙を拭った。

その後、和尚は信松庵の本堂に移り、今は亡き大久保長安の寄進した本尊聖観世音菩薩《しょうかんぜおんぼ さつ》像にむかって読経しつづけた。

一夜明けた十六日、徹夜した和尚がまだ読経をつづけるのがかすかに聞こえたのか、信松尼は切迫した息遣いのまま うっすらと両目をひらいた。

「お目覚めですか。お世話になった静でございます。幸松さまもおいでです」

これも徹夜で見守っていたお静の方が黒髪を揺らして呼びかけると、すでに枕許に座っていた幸松も中剃り二つ折りの髷を前に傾け、自分の顔が信松尼の視界に入るよう膝を進めた。

「ここはどこ」

とは、信松尼はふたりにたずねなかった。

にこやかにほほえんでこくりとうなずき、お静の方が水に浸《つ》けた手巾《しゅきん》でその形の良い唇

を濡《ぬ》らしてやると、ひとしきりその唇を動かした。信松尼はもう声が出なくなっていたが、お静の方も幸松も、

「お・わ・か・れ・の・と・き・で・す・ね。さ・よ・う・な・ら。お・げ・ん・き・で・ね」

と、信松尼が訣別《けつべつ》のことばを伝えたものと感じ取った。

そこへ本堂からやってきた卜山和尚は、お静・幸松母子を驚かせることばを口にした。和尚は、介添《かいぞえ》として従っていた若い僧にこう命じたのである。

「信松尼が、西方浄土《さいほうじょうど》へゆくときがまいったようじゃ。上体を起こして差し上げよ。伸びた頭髪も剃ってつかわせ」

悟達《ごたつ》した僧侶の内には、最期のときが迫ったと自覚するや病床から起き直り、仏の坐像同様に結跏趺座《けっかふざ》したまま息を引き取る者がいる。卜山和尚は信松尼を充分に修行を積んで衆生《しゅじょう》のために尽くした悟達の人とみなし、最期に結跏趺座の姿勢を取らせよう、と考えたのだ。

白衣をまとい、改めて剃髪《ていはつ》した信松尼は、この僧やお静の方に支えられながらもみごとに結跏趺座し、お静の方・幸松母子以下が合掌する中、口元にほのかな微笑を湛《たた》えて世を去っていった。そのことは、信松尼の実兄仁科盛信《にしなもりのぶ》の子孫がのちに書いた記録に、

「元和二年丙辰《ひのえたつ》四月十六日、端座微笑《みしょう》して逝く」(「信松院百回会場記《ひゃっかいえじょうき》」)

とあることから裏づけられる。

一代の英雄武田信玄の末娘として生まれ、織田信忠《おだのぶただ》との縁談を破棄された松姫は、二十二歳にして武田家の滅亡に際会《さいかい》。ゆかりある三人の幼い姫たちをつれて武州《ぶしゅう》へ脱出し、髪を下ろして信松尼と称してからは、養蚕・機織り・染色によってよく自立したばかりか、将軍の子を懐妊したお静の方をお江与の方の魔手から守り抜き、幸松の生誕に立ち会ったことに満足して生涯をおえたのである。享年五十六。

枕経《まくらぎょう》をあげたのは卜山和尚であったが、新仏《にいぼとけ》には魔除《まよ》けの刃物を添えておくものである。

しかし、信松尼の家来たちが韮崎《にらさき》の新府《しんぷ》城から運んできて今は遺品となってしまった道具類の中には、刃物といえば鞘に武田菱の家紋を打った薙刀《なぎなた》しかなかった。

これでは長大過ぎるからほかに何かないか、という話になったが、信松尼は守り刀代わりの懐剣《かいけん》も家康の側室になったお竹《たけ》の方に与えてしまい、ほかに小太刀《こだち》のようなものは何も持っていなかった。

大人たちが、ではどうするか、という話をするのを聞いて、

「これをお使い下さい」

とロを挟んだのは、お静の方の背に隠れるようにしていた幸松であった。

その幸松が腰から抜き取って差し出した脇差は、見性院から守り刀として与えられた三条宗近の作。武田家の重宝として見性院の所有していた宗近の脇差は、巡り巡ってその妹信松尼の霊魂を守る役目を果たしたのである。

翌日、通夜《つや》の仕度が進む間に初めて訪れた信松庵の中を見てまわったお静の方・幸松母子は、二階建ての養蚕所、たくさんの糸車、染物をするための大釜、織小舎など生計《たつき》を立てるための建物と道具類がたくさんあることに気づいて目を瞠《みは》った。いつもおっとりとして品の良かった信松尼が、ともに土着した甲州からの同行者たちを飢えさせないようあれこれ工夫していたことを、ふたりはまったく知らなかったのである。

さらにふたりは織小舎に足を踏み入れ、信松尼が倒れる直前まで動かしていたという地機の一台に向かい合った。

腰掛け式の地機の場合、織物の織り上がった分は地機の手前に溜まってゆく。織り手はその分を膝の上にまるめるようにして機織りをつづけてゆくのだが、信松尼が織りつつあった絹織物の織り上がった分は、やはりまるめられて腰掛けの上に置かれていた。

「信松尼さまは、何を織ろうとしていらしたのでしょうね。それにしても綺麗な色合いですこと」

とお静の方がつぶやいたのは、張られた経糸《たていと》は青い色なのに、緯糸《よこいと》には臙脂《えんじ》色や紅色のものが多用されているように見えたためであった。

「ちょっと、拝見させていただきましょうね」

とお静の方が話しかけると、こくりとうなずいた幸松は手近の蔀戸を撥《は》ね上げた。初夏の日射しが雪崩《なだ》れこみ、お静の方が巻物をひらく要領で卓の上に横に流した織り上がり分はまことに幻妙な彩りを浮かび上がらせる。

その流さはまだ三尺（九一センチメートル）ほどしかなかったが、織りはじめたあたりの緯糸には臙脂色のものが多く使われ、その緯糸は次第に紅色、ついで茜《あかね》色と明るい色合に転調しつつ織られていることが感じられた。

お静の方には知るべくもないことながら、これは松姫といった時代の信松尼が最後に高《たか》遠《とお》城へ遊びに行ったとき、仁科盛信夫人から見せてもらった小袖の一領「夕陽《せきよう》」を再現しようというこころみであった。

（形あるものは、いずれその形を失う定めだけれど、機を織ることができるなら「残雪《ざんせつ》」と「夕陽」を甦《よみがえ》らせることもできるかも知れない）

と思ってお梅《うめ》に機織りを教えてもらった信松尼は、高遠合戦の折に失われたに違いないこれらの小袖の美しさを忘れられず、まず第二の「夕陽」となり得る織物を織ろうとした。

しかし、この点においてだけは、信松尼は志《こころざし》なかばにして冥界に去ったのである。

信松庵本堂で営まれたその葬儀は卜山和尚を導師としておこなわれ、和尚は信松尼に左のような戒名《かいみょう》を授けた。

信松院殿月峰永琴大禅定尼《しんしょういんでんげっぽうえいきんだいぜんじょうに》

山の端《は》に掛かった名月のように清らかな姿、琴《こと》をかき鳴らすような美しい声――そんな生前の美貌と優雅な挙措《きょそ》動作を想起させる戒名だが、古代中国の史書『後漢書《ごかんじょ》』には、

「疾風《しっぷう》に勁草《けいそう》を知る」

という表現がある。

これは、激しい風が吹くことによって初めて折れない強い草が見分けられる、ということ。転じて苦難や大事件に遭遇したとき、初めてその人の意志や節操の強さがわかる、という意味で使われる。

武田松姫も甲州武田家の本拠地、甲府の躑躅ヶ崎館《つつじがさきかん》で大切に育てられ、新館御料人《にいたちごりょうにん》と呼ばれて一時は織田信忠と婚を約した姫君というだけであれば、二十一世紀まで名が伝えられることもなかったであろう。

しかし、側室として迎えようとした家康を嫌い、一族滅亡の非運によく堪えて三人の幼い姫君を自力で育ててゆく間に、松姫あらため信松尼はいつしか美しい花から勁草へと変

身を遂げたのである。

その葬儀には、八王子千人同心となった武田家遺臣たちから養蚕・機織り・染色の手伝いによって収入を得ていた近在の男女までが集まってきた。

信松庵の本堂西側の墓地には望んでこの地に葬られた武田家遺臣たちの墓碑がならぶようになっていたが、信松尼の墓もこの墓地に壇を築いて設けられ、向かって右側には赤松の木が移植された。

墓碑の形式は、台座の上に卵形の石塔婆《いしとうば》を載せた無縫塔《むほうとう》。高さ四尺（一・二一メートル）のこれは、かつて信松尼が玉田院《ぎょくでんいん》の内に建立《こんりゅう》した仁科盛信の娘生弌尼の墓とおなじ形である。

また移植された赤松は、甲州から逃避した信松尼が案下《あんげ》峠《とうげ》を南へ下って武州をめざす途中、記念として手近の赤松の林から掘り出した小松が育ったものであった。当時は背丈が五寸（一五・二センチメートル）ほどしかなかったこの小松は、その後、信松庵の本堂の手前に植えられ、樹齢三十四年をかぞえる間にみごとに幹をうねらせるまでになっていた。

なおト山和尚は、生前の信松尼から、

「この草庵をゆくゆくは正式な寺院としたいのですが」

といわれていたことを忘れておらず、この年の十月一日を期しておなじ土地を境内地とする曹洞宗仏頂山《ぶっちょうざん》信松院をひらき、信松尼をもって開祖とした。徳川家康が信松尼の死の翌日に七十五歳で逝去したのも奇縁であったが、幕府は追って信松院に寺領十一石を与えたため、同院の経営はここに安定した。

仏頂山という山号は、その後、金龍山《きんりゅうざん》と改められ、安政《あんせい》四年（一八五七）には信松尼の出自によって武田山《たけださん》とされた。昭和四十年代にふたたび金龍山にもどされたものの、この信松院は今日も八王子市台町にあって法灯を伝えつづけている。その門前の通りの名称は、

「松姫通り」

近年定められた八王子市のいわゆる「ゆるキャラ」は妖精の「松姫マッピー」であり、おかっぱ頭とくりくりした目、きらきらのスカート姿のその着ぐるみの目的は、

「松姫さまのご遺志を継いで、大好きな八王子をハッピーにすること」

にあるという。

松姫こと信松尼は八王子に養蚕と機織りとをひろめたことから、

「八王子織物の母」

といわれることがある。八王子が「桑都《そうと》」という別称を持つこと、今日も市内の小学校で蚕を飼育するのが日常化していることなども、信松尼の存在なしには考えられない現象

である。

ついで見性院とお静の方・武田幸松母子のその後の人生を簡略に示し、本稿の結尾とする。

七

妹信松尼に先立たれてしまった見性院が哀《かな》しみに堪えながら懸命に考えたのは、幸松をどのように育てるべきか、という問題であった。

年が明ければ幸松は七歳となるが、この時代には、

「男女七歳にして席をおなじゅうせず」

の教えがある。男児は漢学の初歩と漢字の読み書きを、女児は平仮名と「百人一首」を学びはじめ、食事も男女別室で摂るのだ。

しかし、比丘尼屋敷の主人は見性院だから、その家中《かちゅう》には侍たちよりも侍女が多い。幸松に学問を身につけてもらい、合わせて武門の子としての心構えを伝えるには、比丘尼屋敷はあまりふさわしいところではなかった。

そう感じたとき見性院がみごとだったのは、幸松によって武田家を再興するという夢を

気強く断念し、もっとも信頼する武将に幸松の養育を託する、と決意したことであった。

幸い見性院には、意中の人がいた。肥後守《ひごのかみ》の受領名を持つ信州高遠二万五千石の藩主保《ほ》科正光《しなまさみつ》。

天正十年（一五八二）の武田家滅亡の際には、その父保科正直《まさなお》が仁科盛信の副将として高遠城に入っていた。盛信は織田・徳川の大軍に対して一歩も引くことなく玉と砕け、武田武士の華《はな》と謳《うた》われたが、保科正直は初め二の丸にあって主力と分断されてしまったため、おなじ伊那郡《いなごおり》の内の飯田城へ脱出。半年後には高遠城奪回に成功し、家康とも和睦して下総多古《たこ》一万石に封じられた。

正直は多古において家督をせがれの正光に譲ったものの、正光は慶長五年（一六〇〇）の内に高遠二万五千石への転封を命じられ、高遠城への帰還を果たした。

すでに五十六歳ながら黒目がちの瞳を持つ丸顔の正光の特徴は、きわめて律儀なことであった。江戸へ参勤したときも帰国する際もきちんと比丘尼屋敷に挨拶しにくるし、高遠在城の年にも見性院に中元と歳暮の品を届けることを欠かさない。

甲州武田家滅びて、すでに三十四年。その遺臣団から徳川家に採用された家筋は大小合わせて九百家近かったが、なおも見性院を主筋《しゅすじ》の姫君とみなし、下にも置かぬ扱いをしてくれるのは保科正光だけになっていた。

さらに一年後の元和三年（一六一七）、いよいよ幸松は七歳の年を迎えた。見性院は春に高遠から出府してきた正光の訪問を受けると、幸松を養子としてくれるように、と依頼。老中土井利勝からもこの件について承認を取りつけたため、幸松は保科姓に変わり、母お静の方とともに高遠城に移って成長してゆくことになった。

かつて信松尼の実兄仁科盛信を城主とし、信松尼の若き日の曾遊《そうゆう》の地ともなった武田家ゆかりのこの城は、今は伝説となった高遠合戦から三十五年目、信松院で信松尼の一周忌がおこなわれたこの年に、のちに保科肥後守正之《まさゆき》と名乗る少年を迎えたのである。

将軍秀忠はお静の方・幸松母子にこれまで父として何もしなかったことを気に病んだのか、高遠藩保科家に養育料として五千石を加増した。そのため、同家は三万石の身代《しんだい》となった。

高遠の士民は仁科盛信の時代から互いに良く和し、道で出会えばかならず声を掛け合って挨拶するなど、見識ある言動によって知られていた。しかも狭い谷合いの城下町だけに、お江与の方がなお幸松に殺意を抱いていたとしても、とても刺客は放てなかった。

その分だけお静の方・幸松母子にとって高遠は安住の地となったわけだが、もはや擱筆《かくひつ》とすべき頃合なので、この物語の登場人物たちのその後を略述しておく。

見性院は、母子を高遠へ送り出してから五年後の元和八年（一六二二）五月九日、没。享年は七十七、あるいは七十八。

お江与の方は、寛永《かんえい》三年（一六二六）九月十五日、没。享年五十四。

随翁舜悦こと卜山和尚は、同年十月二十六日、遷化《せんげ》。享年百二十。

保科正光は、寛永八年（一六三一）十月七日、没。享年七十一。高遠藩は、やはり肥後守の受領名を用いた幸松改め保科正之の相続するところとなった。

元和九年（一六二三）のうちに将軍職をせがれ家光《いえみつ》に譲り、大御所と称していた徳川秀忠は、寛永九年（一六三二）一月二十四日、没。享年五十四。

高遠城にあってその訃報に接したお静の方は、仮初《かりそめ》とはいえ前将軍の側室であった節を守り、ただちに髪を下ろして浄光院《じょうこういん》と称した。寛永十二年（一六三五）九月十七日、没。享年五十二。

異母兄家光に聡明にして謙虚な気性を高く評価された保科正之は、寛永十三年（一六三六）七月、出羽《でわ》山形（最上《もがみ》）二十万石へ転封となり、同二十年七月には奥州会津《おうしゅうあいづ》二十三万石へ再転封されて、あらたな徳川家親藩である会津藩保科家（のち松平と改姓）を創設した。

家光の遺命によって十一歳の四代将軍家綱《いえつな》の輔弼《ほひつ》役に就任、事実上の副将軍として明暦《めいれき》の大火《たいか》という江戸はじまって以来の危機をよく乗り越え、江戸を不燃都市へと改造した名君ぶりは一部にはよく知られているが、この正之は会津の鶴ヶ城《つるがじょう》に置いたお国御前《くにごぜん》お塩《しお》の方が一女を産むと松姫と名づけた。

いうまでもなく松姫とは、信松尼の俗名である。旧武田家の部将の家筋保科家を相続したことを光栄とした正之は、自分の出生を助けてくれた信松尼の面影が終生忘れられなかったと見える。

しかし、これ以上保科正之の人生について語ることは、本編とはまた別の物語であろう。

(完)

あとがきと参考文献

本来この作品は、『名君の碑《いしぶみ》　保科正之の生涯』（文藝春秋、一九九八。文春文庫、二〇〇一）に先んじて書かれるべきだったのかも知れません。同作は幸松《こうまつ》のちの会津藩初代藩主保科正之《ほしなまさゆき》の誕生前後の事情から筆を起こした長編小説でしたが、本編は正之の母神尾静《かんのおしず》を助け、その出産に立ち会ってくれた武田信玄《たけだしんげん》の息女信松尼《しんしょうに》こと松姫《まつひめ》を主人公とする物語だからです。

しかし、『名君の碑《いしぶみ》』はすでに発行、松姫の一生を描く作はまだ構想中という段階でよく考えますと、松姫の健気《けなげ》な生き方を描くには、まず甲州武田家が織田・徳川同盟によって滅びの道をたどらねばならなくなった時代を背景にして、韮崎《にらさき》の新府《しんぷ》城からいずこへ、いかにして逃れるか、という点を最初の主題とすべきことがはっきりしてきました。

永禄四年（一五六一）生まれの松姫の若き日にはまだ戦国の臭いが色濃く漂っていまし

たが、保科正之は慶長十六年（一六一一）と江戸初期の生まれですから時代の雰囲気はかなり変わっていたことでしょう。

そんなことを感じたため、本編の末尾近くに正之が顔を出すにしても、この作は『名君の碑』とはまったく異なるタッチの史伝文芸として書きすすめよう、と肚《はら》を決めて執筆を開始したのでした。

使用した参考文献は、左の通りです。

「高遠記集成」「仁科五郎盛信の関係史料」（高遠文化財保護委員会『高遠の古記録』第八巻所収、一九六二）
「甲乱記」「武田三代軍記」「理慶尼記」「勝頼夫人祈願書」（清水茂夫・服部治則校注『武田史料集』所収、新人物往来社、一九六七）
北島藤次郎『武田信玄息女　松姫さま』（講談社出版サービスセンター、一九七二）
同『史実　大久保石見守長安』（鉄生堂、一九七七）
三田村鳶魚「公方様の話」（『三田村鳶魚全集』第一巻所収、中央公論社、一九七六）
「幕府祚胤伝」「柳営婦女伝系」「玉輿記」（高柳金芳校注『新装版　史料徳川夫人伝』所収、新人物往来社、一九九五）

＊

本書はPHP研究所の月刊文庫『文蔵』の二〇一三年十月号〜一五年十一月号の連載に加筆・訂正をほどこし、一六年四月、PHP研究所から単行本として刊行した作を文庫化したものです。美しい装画を提供して下さった田口由花さん、解説をお願いした三角美冬さん、編集を担当して下さった中央公論新社学芸編集部の宇和川準一氏に謝辞を捧げて刊行のことばに代えます。

令和二年（二〇二〇）盛夏

中村彰彦

解説

三角美冬

東京八王子市の西南、現在台町と呼ばれる地に、信松院《しんしょういん》という曹洞宗の寺院があります。本尊の立派な釈迦牟尼仏もさることながら、宝物殿に足を踏み入れた人は、そこに安置された美しい尼僧の坐像に目を奪われることでしょう。切れ長の涼しい玉眼《ぎょくがん》、細く整った鼻梁《びりょう》からふくよかな耳に至るまで、全体が調和してえも言われぬ気品と慈愛の相を現じています。涙ぐんで合掌する参拝客も多いと聞きました。

この尼僧こそ当寺開山の祖である信松院殿月峰永琴大禅定尼《しんしょういんでんげっぽうえいきんだいぜんじょうに》、本編の主人公です。武《たけ》田信玄《だしんげん》の息女として永禄《えいろく》四年（一五六一）に生まれたこの女性のもとの名は松姫《まつひめ》、二十二歳で剃髪《ていはつ》得度してからの法名《ほうみょう》を信松尼《しんしょうに》といいました。坐像はその百回忌に作成されたもので、絵図か聞書《ききがき》か、故人の面影を伝える何らかの史料を参考にしていると思われます。傍らの全身画像は京極《きょうごく》佳夕《かせき》の筆に成る昭和初期の作、まさに坐像がすっと立ち上がった

信松尼坐像

趣です。

甲府の躑躅ヶ崎《つつじがさき》の館で育った姫君が、何ゆえに八王子に住み着いて寺院を開くことになったのでしょうか。すべては戦国末期の動乱に帰せられます。松姫の生涯については、正徳《しょうとく》五年（一七一五）に「信松院百回会場記《ひゃっかいえじょうき》」という小伝が書かれ、「柳営婦女伝系《りゅうえいふじょでんけい》」に収められました。執筆者の源資真《みなもとのすけざね》は武田家の末裔《まつえい》というだけあって、簡潔ながら信用の置ける記録です。この小伝を骨子に、「甲乱記《こうらんき》」、「武田三代軍記《たけださんだいぐんき》」、「高遠記集成《たかとおきしゅうせい》」等の史料を駆使して動乱の世相を活写し、読みごたえある小説に仕立てたのが本編です。

甲斐信濃《かいしなの》の二国を領有して織田信長《おだのぶなが》、徳川家康《とくがわいえやす》をも威圧していた武田信玄が出陣中に急死したのは天正《てんしょう》元年（一五七三）のこと。享年は五十三でした。これを機に、松姫は四歳年長の兄仁科五郎盛信《にしなごろうもりのぶ》に庇護されることになりますが、まだ十代の少女ながら髪を短く切り、魚食を絶って、仏門に入る直前のような生活をしていたと言われます。これを織田信長の長男信忠《のぶただ》との婚約が破棄されたためとする「信松院百回会場記」の説明を、筆者はとても信じる気になれません。信忠と松姫は十一歳と七歳で政略婚約をさせられたものの、一度も顔を合わせたことがなかったのですから。むしろ生母を早く失い、偉大な父にも突然に先立たれたことが、世の無常を痛感する契機になったかと思うばかりです。

　信玄には正室三条《さんじょう》夫人のほかに三人の側室がいました。武田家最後の当主となった勝《かつ》頼《より》は諏訪御料人《すわごりょうにん》の所生、松姫の保護者である盛信は松姫ともども油川《あぶらかわ》夫人の所生です。三人の側室は美貌で知られていましたから、勝頼、盛信、松姫がそろって美男美女だったとする所伝も嘘ではないのでしょう。「信松院百回会場記」には、松姫について「生れながら容色志操あり」という記述が、しっかりと残されています。本編の著者中村彰彦は信用できる史書に基づいて松姫を五女にして季女《きじょ》（末娘）としていますが、六女とする文献、下にさらに一女がいたとする文献もあります。なぜそんな記述が生まれたのか、本編を読まれた方なら微笑とともに納得さ

信松尼公肖像画（京極佳夕画）

れるに違いありません。

駿河《するが》進出をめぐって織田家、徳川家と角《つの》を突き合わせていた武田家は、勝頼の代になって両家の連合勢力に次第に追いつめられる途《みち》をたどりました。織田信長、信忠父子に率いられた二十万の大軍が武田領に侵攻したのは天正十年（一五八二）二月。三月二日には高《たか》遠《とお》城をめぐる攻防戦が行われます。

伊那谷《いなだに》の東端、南アルプスの山裾に築かれた高遠城は武田領の西の押さえで、仁科家の名跡《みょうせき》を継いだ信玄の五男盛信が、約三千の兵を擁してここを守っていました。彼らが織田信忠の軍勢五万を迎え撃った「高遠合戦」は、勇戦の手本として長く世に伝えられます。城は一日で落ち盛信夫妻は自刃《じじん》、守兵のほとんどが壮烈な戦死を遂げますが、城に身を寄せていた松姫は、直前に脱出して韮崎《にらさき》の新府《しんぷ》城を目ざしました。盛信の三歳になる娘を托され、生き延びる道を選ばねばならなかったのです。

新府城ではさらに勝頼の娘と重臣小山田《おやまだ》氏の娘を預かり、松姫一行の旅は武田家の血脈を守る必死の逃避行となります。まずは塩山《しおのやま》の向嶽寺《こうがくじ》に逃れ、そこから向嶽寺と縁のある諸寺を頼りに八王子へと向かう苦難の旅路は、中村彰彦の筆力によって読者に忘れがたい印象を残すことでしょう。甲州街道を直進すればそれほどの困難はなかったはずですが、高遠落城の九日後に勝頼は甲斐国田野《たの》に自刃し、滅亡した武田家の一族には容赦ない探索の手が伸びていたのでした。

　信松院宝物殿には、この旅路を経て運ばれた品々が展示されています。鞘《さや》に金色《こんじき》の武田《たけだ》菱《びし》を打った槍《やり》と薙刀《なぎなた》、同じ紋つきの黒塗り食器、厨子《ずし》に入った持仏《じぶつ》。案下《あんげ》峠《とうげ》で松姫によって掘り出されたという赤松は、寺院背後の墓地に植えられて今も健在です。とはいえ四百年の間に、二度か三度は代替わりしているようですが。

　現在和田峠と呼ばれる案下峠を越えて、武蔵国《むさしのくに》多摩《たま》郡《ごおり》の上恩方村《かみおんがた》にたどり着いた一行は、向嶽寺ゆかりの金照庵《きんしょうあん》に身を休めたのち、下恩方村にある心源院《しんげんいん》の庇護を受けることになります。心源院の住職卜山《ぼくざん》和尚こそは、松姫の生涯の師となった人。姫の出家を助け、信松尼という法名を授けたのもこの僧侶で、それは天正十年内のことと察せられます。滅亡した武田一族の菩提《ぼだい》を弔おうとする気持はわかりますが、幼い姫たちや十数人はいたと思われる供回りを主導する立場の人が、なぜ二十二歳の若さで髪を下ろしたのでしょうか。「信松院百回会場記」には、当時八王子を領有していた北条家の侍たちから妾にしようと狙われた松姫が、「吾豈《われあに》一身の微を愛し、残骸の安きを求め、貴族を以《もっ》て賤流に配し、以て失節の汚名を蒙《こうむ》らんや」と断言したと書かれています。中村彰彦はこのような露骨な断定を避け、松姫の切迫した状況を書き込むことに努めています。姫の心情を理解することも読者に委ねられるわけで、これも本格的歴史小説のあかしと言えるでしょう。

下恩方の南にある御所水《ごしょみず》の里に信松尼一行がひとまず落ち着くまでを本編の前半とすれば、後半は第八章「江戸から来た男」で始まります。すでに政権は豊臣秀吉《とよとみひでよし》の握るところ。天正十八年（一五九〇）の北条氏滅亡とともに関八州《かんはっしゅう》は徳川家康の領国となり、八王子にも徳川家による整備の網がかけられます。

武田信玄の内政、軍制を高く評価していた家康は、千人近い武田家遺臣を家臣に採用しました。細かい数字の大好きな中村彰彦の記述によれば、その中から小人頭《こびとがしら》九人、同心《どうしん》衆《しゅう》二百四十八人を選んで八王子に土着させたのも、甲州への入口の安定と防衛を期してのことです。のち千人に増員された同心衆は「八王子千人同心」と呼ばれ、江戸時代の歴史、風俗について膨大な著述を残した三田村鳶魚《みたむらえんぎょ》の先祖もその一人でした。さらなる先祖は甲州から松姫の伴をして来た侍だったそうですから、彼の伝える家康の女狩りや「裾貧《すそびん》乏《ぼう》」の話も信じてよいのでしょう。

「江戸から来た男」とは、代官頭として天正十九年（一五九一）に八王子に赴任した大久《おお》保《く》十兵衛《じゅうべえ》長安《ながやす》を指します。本編に記されるとおり、彼の行った画期的な町づくりのおかげで八王子は府中《ふちゅう》に劣らぬ宿場町に発展します。武田家の遺臣だった十兵衛は、信松尼に表敬と慰問を怠らず、手厚い庇護を与えました。御所水の里より甲州街道に近い地に立派な庵室を建ててくれたのも彼で、信松尼の死後寺院となった信松院には、その尽力を顕彰する多くの展示物があります。

信松尼は自活のために、早くから養蚕や機織りに着手していました。この事業にも十兵衛が多大な援助を与えたことには、疑う余地もありません。八王子に土着した同心衆も、菩提寺兼墓所として信松尼の庵を頼るいっぽう、蔭《かげ》になり日向になりして信松尼を守りました。信玄の息女は、この地に誕生した武田家コミュニティの中心となったのです。

中村彰彦が丁寧に描いているように、信松尼は自らのカリスマ性を誇示して他人を思いどおりに動かそうとする女性ではなかったようです。多くの人の助けで生かされていることを自覚して仏道に精進し、目の前のことに全力を尽くす――その静かな強さはまさに「疾風に折れぬ花」で、男女の従者が終生忠節を尽くしたのももっともと言えます。名前の出ている従者はすべて実在人物。「お身代わり」の事実まで史書が証明しています。随所に現れる「残雪《ざんせつ》」「桜花《おうか》」「夕陽《せきよう》」という三領の小袖は作者の創作の産物ですが、甲斐信濃の美しい自然を象徴すると同時に、乱世を脱した浄土の世界を象徴しているのかもしれません。

晩年の信松尼はそれと知らずに、高遠や武田家のために大きな尽力をしました。二代将軍徳川秀忠《とくがわひでただ》が正室お江与《えよ》の方の嫉妬をはばかって、ただ一人の隠し子を認知しなかった話はよく知られています。その子を身ごもったお静《しず》という女性をかくまい、お江与の方の迫害から守って出産させる役割が、五十歳を過ぎた信松尼に課せられたのです。依頼したのは出家して見性院《けんしょういん》と称していた武田信玄の次女。慶長《けいちょう》十六年（一六一一）に無事誕生した若君は、幸松《こうまつ》と名づけられてしばらくは見性院に養育されました。

見性院、信松尼姉妹の胸には、幸松君によって武田家を再興する夢が潜んでいたのかもしれません。しかし現実的にそれは無理で、見性院はその子を高遠藩主保科正光《ほしなまさみつ》の養子としました。保科正之《まさゆき》として二十一歳で藩主の座を継いだ彼は、出羽《でわ》山形二十万石を経て会津《あいづ》藩二十三万石の大名に出世します。保科家は早くから武田家に臣従しており、高遠合戦を生き延びた家臣団を擁していました。彼らとともに武田の士風も奥羽の地に伝えられたのです。

保科正之の名を有名にしたのは、何といっても中村彰彦の数々の著作でしょう。最も広く読まれているのは『名君の碑《いしぶみ》　保科正之の生涯』（文藝春秋、初版一九九八）ですが、本編はその前編をなすものと言えます。名君に成長した正之は幕政にも参加し、戦国の蛮風を一掃するさまざまの改革を成し遂げました。「松姫がいなければ会津藩はなかった」と信松院のご住職は笑いながら仰《おっしゃ》いました。会津藩のみならず、江戸時代の文治政治も長い平和もなかったのではないかと、筆者は思っています。
信松尼は幸松君の高遠行きを見届けることなく、元和《げんな》二年（一六一六）に五十六歳で死去しました。その生涯が中村彰彦の文章によって多くの方々に勇気を与えることを祈るばかりです。

（みすみ　みふゆ／会津史学会会員）

『疾風に折れぬ花あり　信玄息女　松姫の一生』二〇一六年四月　ＰＨＰ研究所
文庫化にあたって二分冊とし、下巻には第八章以下を収録しました。

中公文庫

疾風《しっぷう》に折《お》れぬ花《はな》あり（下《げ》）
――信玄息女《しんげんそくじょ》 松姫《まつひめ》の一生《いっしょう》

2020年8月25日　初版発行

著　者　中村《なかむら》 彰彦《あきひこ》

発行者　松田 陽三

発行所　中央公論新社
〒100-8152　東京都千代田区大手町1-7-1
電話　販売 03-5299-1730　編集 03-5299-1890
URL http://www.chuko.co.jp/

DTP　今井明子
印　刷　三晃印刷
製　本　小泉製本

Published by CHUOKORON-SHINSHA, INC.
Printed in Japan　ISBN978-4-12-206926-8 C1193

定価はカバーに表示してあります。落丁本・乱丁本はお手数ですが小社販売部宛お送り下さい。送料小社負担にてお取り替えいたします。

各書目の下段の数字はISBNコードです。978－4－12が省略してあります。

中公文庫既刊より

な-46-6 幕末入門 中村 彰彦
尊王・佐幕、攘夷・開国、攻守所を変え、二転三転する複雑怪奇な動乱の時代。混迷をきわめた幕末の政情をわかりやすく読み解いた恰好の入門書。
724円 204888-1

な-46-7 落花は枝に還らずとも(上)会津藩士・秋月悌次郎 中村 彰彦
幕末の会津藩に、「日本一の学生」と呼ばれたサムライがいた。公用方として京で活躍する秋月は、薩摩と結び長州排除に成功するも、直後、謎の左遷に遭う……。
762円 204960-4

な-46-8 落花は枝に還らずとも(下)会津藩士・秋月悌次郎 中村 彰彦
朝敵とされた会津を救うため、復帰した秋月に戊辰戦争の苦難が襲う。ラフカディオ・ハーンに「神のような人」と評されたサムライの物語。〈解説〉竹内 洋
762円 204959-8

お-2-11 ミンドロ島ふたたび 大岡 昇平
自らの生と死との彷徨の跡。亡き戦友への追慕と鎮魂の情をこめて、詩情ゆたかに戦場の島を描く。『俘虜記』の舞台、ミンドロ、レイテへの旅。〈解説〉湯川 豊
820円 206272-6

お-2-12 大岡昇平 歴史小説集成 大岡 昇平
「挙兵」「吉村虎太郎」など長篇『天誅組』に連なる作品群ほか、「高杉晋作」「竜馬殺し」「将門記」など戦争小説としての歴史小説全10編。〈解説〉川村 湊
1000円 206352-5

お-2-13 レイテ戦記(一) 大岡 昇平
太平洋戦争の天王山・レイテ島での死闘を再現した戦記文学の金字塔。巻末に講演「『レイテ戦記』の意図」を付す。毎日芸術賞受賞。〈解説〉大江健三郎
1200円 206576-5

お-2-14 レイテ戦記(二) 大岡 昇平
リモン峠で戦った第一師団の歩兵は、日本の歴史自身と戦っていたのである——インタビュー「『レイテ戦記』を語る」を収録。〈解説〉加賀乙彦
1200円 206580-2

お-2-15
レイテ戦記（三）
大岡昇平
マッカーサー大将がレイテ戦終結を宣言後も、徹底抗戦を続ける日本軍。大西巨人との対談「戦争・文学・人間」を巻末に新収録。〈解説〉菅野昭正
1200円
206595-6

お-2-16
レイテ戦記（四）
大岡昇平
太平洋戦争最悪の戦場を鎮魂の祈りを込め描く著者渾身の巨篇。巻末に「連載後記」、エッセイ「『レイテ戦記』を直す」を新たに付す。〈解説〉加藤陽子
1200円
206610-6

し-15-10
新選組始末記　新選組三部作
子母澤寛
史実と巷談を現地踏査によって再構成した不朽の実録。新選組研究の古典として定評のある、子母澤寛作品の原点となった記念作。〈解説〉尾崎秀樹
781円
202758-9

し-15-11
新選組遺聞　新選組三部作
子母澤寛
新選組三部作の第二作。永倉新八・八木為三郎・近藤勇五郎など、ゆかりの古老たちの生々しい見聞や日記で綴った、新選組逸聞集。〈解説〉尾崎秀樹
743円
202782-4

し-15-12
新選組物語　新選組三部作
子母澤寛
「人斬り鍬次郎」「隊中美男五人衆」など隊士の実相を綴った表題作の他、近藤の最期を描いた「流山の朝」を収載。新選組三部作完結。〈解説〉尾崎秀樹
781円
202795-4

し-15-16
幕末奇談
子母澤寛
新選組が活躍する幕末期を研究した「幕末研究」と番町皿屋敷伝説の真実など古老の話を丹念に拾い集めた「露宿洞雑筆」の二部からなる随筆集。
857円
205893-4

し-15-17
新選組挽歌　鴨川物語
子母澤寛
鴨川の三条河原で髪結床を構える三兄弟を中心に、動乱の京を血に染める勤王志士と新選組、そして彼らに関わる遊女や目明かしたちの生と死を描く幕末絵巻。
900円
206408-9

す-3-1
華の碑文　世阿弥元清
杉本苑子
時は室町時代、大和猿楽座に生まれた世阿弥が、暗い世俗の桎梏に縛られながらも辛苦して能を大成してゆく感動の生涯を描く。〈解説〉小松伸六
876円
200462-7

各書目の下段の数字はISBNコードです。978-4-12が省略してあります。

す-3-6
檀林皇后私譜（上）
杉本苑子
闇に怨霊が跳梁し、陰謀渦巻く平安京に、美貌のゆえに一族の衆望を担って宮中に入り、権勢の暗闘の修羅に生きた皇后嘉智子の一生を描く歴史長篇。
781円
201168-7

す-3-7
檀林皇后私譜（下）
杉本苑子
飢餓と疫病に呻吟する都、藤原氏内部の苛烈な権力争いの渦中に橘嘉智子は皇后位につく。藤原時代の開幕を彩る皇后の一生を鮮やかに描く。〈解説〉神谷次郎
781円
201169-4

な-12-3
氷輪（上）
永井路子
波濤を越えて渡来した鑑真と権謀術策に生きた藤原仲麻呂、孝謙女帝、道鏡たち——奈良の都の政争渦巻く狂瀾の日々を綴る歴史大作。女流文学賞受賞作。
686円
201159-5

な-12-4
氷輪（下）
永井路子
藤原仲麻呂と孝謙女帝の抗争が続くうち女帝は病に。その平癒に心魂かたむける道鏡の愛に溺れる女帝。奈良の都の狂瀾の日々を綴る。〈解説〉佐伯彰一
724円
201160-1

ふ-12-4
夜の橋
藤沢周平
無頼の男の心中にふと芽生えた一掬の情愛——江戸深川の夜の橋を舞台に男女の心の葛藤を切々と刻む表題作ほか時代秀作自選八篇。〈解説〉尾崎秀樹
648円
202266-9

ふ-12-5
義民が駆ける
藤沢周平
老中の指嗾による三方国替え。苛酷な運命に抗し、荘内領民は大挙江戸に上り強訴、遂に将軍裁可を覆す。天保期の義民一揆の顚末。〈解説〉武蔵野次郎
743円
202337-6

ふ-12-7
闇の歯車
藤沢周平
曰くありげな赤提灯の常連客四人に押込強盗を持ちかける謎の男。決行は逢魔が刻……。深川を舞台にくり広げる長篇時代サスペンス。〈解説〉清原康正
590円
203280-4

ふ-12-8
雲《くも》奔《はし》る　小説・雲井龍雄
藤沢周平
安井息軒の三計塾きっての俊才、米沢藩士・雲井龍雄。幕末の動乱期に、討薩ひとすじに生きた二十七歳の短く激しい悲劇の志士の生涯を描く力作長篇！
648円
205643-5